真可憐（笑）

かわいそ笑

梨
Nothing

高詹燦一譯

只同意本頁可以自行複製、轉載。
（請先登入twitter才看得到內容）

名家推薦

我感覺自己正在讀一本奇怪的書……

《奇怪的家》（変な家）作者／雨穴

看到最後一頁，我竟然完全沒有讀完的感受。
因為一個真實到令人毛骨悚然的圖像，
讓人覺得你也曾經出現在那裡。
這種不快的感受彷彿透過文字，
被推送到我眼前幾公分的地方。
這裡面藏著完全無法解釋的陰霾，
這之中肯定存在什麼關連。

我感覺自己正在讀一本奇怪的書。
但同時，我又十分懷念這種感覺。

我在某個時刻意識到，
這跟我小時候上網時的感覺一樣。
過去的網路是封閉的，訊息量很少，
大多都是圖片、文字和影像。

我的閱讀感受是透過成長經歷、創作過程，
以及漫無邊際的聊天鋪展開來的。
感覺如此熟悉，你幾乎可以聽見作者的呼吸，
但眼前卻只能見到他的文字。

如果你想要知道得更多，
就必須去想像螢幕的另一面到底是什麼。
這本書的閱讀體驗非常接近這種感覺。

就像人家說的，「網路是永遠讀不完的一本書」，
這本書也是這樣，你很可能永遠都讀不完。

過段時間我想再讀一遍，然後啟動我的想像……
如果這本書將在全國發行，
那麼有多少人拿起這本書，就會誕生多少想像。
然後，「那個女孩」就會……

——「沒辦法重新來過了。殘念。」

目次

前言

承蒙您拿起《真可憐（笑）》一書，感激不盡。

本書是根據筆者過去蒐集的幾則故事，重新編寫成的中短篇故事。只要書中沒有特別聲明，以「筆者」作為第一人稱的描述文字，請各位在閱讀時將它視為以本書作者的觀點所做的描寫。

此外，關於本書的特別之處，有許多部分提到實際存在（或曾經存在過）的網站、檔案、書籍，或是加以引用的資料，例如第一話：

- ●某怪談的docx檔
- ●該怪談的相關後續故事
- ●社群網站留言（現在已經刪除）的引用

本書的結構是大量採用所謂「作中作」的形式編輯而成，關於引用的部分，我已盡可能明確地標示出處，基本上，書中沒明確標示引用來源的文章

（例如第一話裡的「後續故事」）便是描述性的文字，換句話說，讀者大可看作是以筆者觀點寫成的文章。

那麼就請好好享受本書吧。

第一話　這是橫次鈴這個人親身體驗的怪談.docx

這是橫次鈴這個人親身體驗的怪談.docx

那個人現在不知道在做什麼？驀然想起昔日的朋友時，這才發現對方是在網路上認識的某人，感覺隨著年紀增長，這種情況愈來愈多。

當然了，小學時代常一起玩，後來各自上了不同的學校，還持續寄了幾年的賀年卡，但不知不覺間，彼此的關係逐漸變淡的老朋友，還是會保留在記憶中。而在同樣的記憶抽屜裡，也會有一段時期幾乎每天都有電子郵件往來的某個網路暱名。我開始在網路上與素未謀面的人通信，是二〇〇〇年初期，當時有可愛的動物角色會幫你送信，這項服務蔚為流行。通信的時間應該遠比前面提到的老朋友來得短，不過，現在仍偶爾會想起模仿布偶的粉紅熊送來的信紙，上面寫著「朋友」的名字以及無關緊要的郵件內容。

如今回想，當時的我與網路上許多不特定的人士交談，可能是從中感覺到網路特有的不道德感或是優越感，也就是一種共犯意識。當時別說智慧型手機了，就連觸控式設備也不像現今這般普及，以手機上網並不常見，在這種狀況下，想要自己一個人自由地上網，都是使用家中唯一一臺的舊式個人電腦。簡單來說，門檻相當高，所以感覺自己就像變成了怪咖，三更半夜還敲打著鍵盤。

一開始是以「しぃ」、「ギコ」等當時流行的角色加上對話框，來和人對話，沉浸在所謂的文字聊天的世界裡。我在那裡只聊自己喜歡的漫畫或小說等話題，聊天室裡也有幾個和我有同樣興趣的人。不過，合得來的用戶愈來愈多後，在其他人也能流動式加入的伺服器下，就愈來愈難聊天了，所以我將活動場所轉移到個人網站上去。

在網路上展開創作活動也是在這時候，換言之，與我擁有個人網站是同一時期。在學別人做出的網站上，刊登二次創作的圖畫和文章，我完全化身為自創的角色，打造一個回答問題的專區，貼上好朋友經營的類似網站連結，稱之為「同盟」，並以免費租用的留言板與他們展開交流。上了大學，開始自己一個人住之後，我用的不再是與家人共用的電腦，而是使用自己買的個人電腦和電繪板，這已成為我每天的例行功課。

當時有位很頻繁地與我線上交談的朋友，名叫「凜」。「凜」這名字不用說也知道，當然是網路暱名，我也不認為這是她的本名，不過，我總有個先入為主的觀念，覺得「凜」應該是女性。當時我和她都只用文字交談，不過，從交談的口語中，我憑個人感覺做出這樣的猜測。

我和她在興趣嗜好方面都很契合，幾乎每天都用電子郵件或在留言板上交談。我們彼此都為自己創造的小說畫插畫，互相誇獎，或是介紹當時熱門的流行歌曲，並當作自己原創角色的主題歌。她經營的個人網站首頁的計數器，顯示我造訪她網站已達三千次時，我還要求她為此寫原創小說作為紀念。

到這裡為止，都還算一般，但她不時會提到風水或靈魂之類的話題。不過，她談的並不是靈魂的層級或波動等級這類的話題，而是像某某人之所以在這根手指戴這枚戒指，背後有什麼樣的作用在，她就愛講這方面的知識。總之，這就像是引用神話裡會出現的話語來當創作題材般，大部分可能都是她從哪裡聽來的小道消息，而我也不例外，占卜或儀式相關的故事我也喜歡，也看了不少這類的書，所以聽她聊這些事也還算愉快。

而就在我認識她約莫半年後。

我和她，以及幾位在網路上志同道合的共同朋友，也就是昔日的「同盟」，大家聚在一起，說要一起作同人誌。記得內容是以當時流行的少年漫畫特定配對為題材展開的二次創作合同誌[1]，大家各自交出插畫、漫畫、小說等，以自己親近的人為對象發送，就是這樣的計畫。記得大學暑假開始後沒多久，我便一直關在自己房間裡寫稿，所以應該是以同好會的身分參加了九月左右的那場展銷會。合同誌不久便已完成，為了參加展銷會，我前一天搭夜間巴士前往會場。我事前就知道，參加合同誌的人全員都會到會場，所以還記得當時坐在公車上，感覺就像是去參加網友見面會一樣。

在展銷會上第一次見面的「凜」，給人的印象是位活潑、開朗的女性。她將半長不短的褐色頭髮在腦後綁成馬尾，在會場上對許多人說「哇，您好，我常看您的書」，格格嬌笑，那模樣以及比我略矮的身高，都讓我覺得她可能和我年紀相近。

展銷會結束後，在我們同好會舉辦的慶功宴上聊天後才發現，她住的地方離我並不遠，這令我很吃驚。同人誌的版權頁印有「凜」的住址，從我的住處轉乘電車，確實四十分鐘左右就可抵達，她還提到，她現在並不是通勤上大學，而是高中畢業後基於工作地點的考量，而住在那附近。因為這樣，我們聊得很熱絡，慶功宴結束解散時，我與她已變成志趣相投的好友。

之後我們不光只是在網路留言板上對話，也會實際見面，一起出去玩。就像前面說的，轉乘電車四十分鐘左右就可抵達，距離不遠，但也不算近，因此

1. 多名作者一起合出印刷費作出的同人誌。

我們向來都是偶爾配合彼此時間，到縣內鬧街的商場逛街。

網路上的形象與實際見面時給人的印象有很大落差，這樣的人相當多，但她本人與留言板上談話時給人的印象沒什麼不同。對音樂和書本的嗜好，以及對風水的愛好，也一樣沒變。

這並不是好壞的問題，不過，她對風水的愛好，感覺就像解析度不太高的圖片一樣。例如她曾經說，別人掉的東西以及舊洋裝，可能會有不乾淨的東西附在上頭，所以最好別隨便亂碰，但說完這話的幾週後，我們一起去一家雜貨店，她卻開心地挑選店內的中古飾品，這種事不時會發生。當然了，我無意挑剔別人的嗜好，也沒權利這麼做，倒不如應該說，在個人嗜好方面，就應該採取這樣的相處模式才恰當。不過，就個人傾向來說，她就是具有這樣的特徵。

就這樣，我們偶爾會在現實世界中一起玩樂，並頻繁地在網路上交流，這種生活一直持續著。

我們是夏天第一次在同人誌展銷會上見面，所以應該是那年將近歲末時發生的事吧，不確定我和她是誰先開的口，就這樣提到要去她家裡玩。如同我前面提到的，雖說我們彼此住得還算近，但如果要去找對方，這樣的距離還是得花上一點時間，所以之前我們都沒去過對方家中。偶爾去家裡坐坐也不錯，就順便當作是歲末聯歡會，一起吃頓飯吧，我們就此熱絡地討論起來，最後談到下禮拜幾要在哪個最近的車站集合，沒花太多時間便談妥了此事。

我就讀的大學剛好也邁入了寒假，就此來到我們約定的這一天。

第一次來的車站，以及她在車站等我，一起同行，由她替我帶路的這段路程，似乎是以前曾經聽過名稱的地方，但同時也是一處陌生的場所。應該是最近才蓋好的住家，整齊地圍繞著地方超市和郵局，用「清靜的住宅區」來形容再貼切不過了，簡單來說，如果沒有特別的要事，住其他地區的人應該不太會在這個地區下車，不過，好歹還是會知道站名以及這個地區的名稱，這裡就是這樣的一處場所。

我們還到路上的超市採買，所以不知道實際是花了多少時間，不過，她家應該是距離車站約十五分鐘的路程。她的住處是一棟約莫可以住六戶人家的兩層樓集合住宅，她住二樓。她帶我來到的住處，有木質地板的客廳和寢室，另外還有附衛浴的廁所以及陽臺，是單身住宅常見的格局，看她家中整理的狀況，不像是因為有朋友要來才臨時打掃，而是平時便將家中整理得一塵不染。

我就坐這兒吧——我一屁股坐向客廳的地毯上。從塑膠袋裡取出剛才買的酒、食材、點心時，她從某處端來桌上型瓦斯爐和鍋子，擺在桌子上。

我這才發現客廳裡設了兩張桌子，一張她剛才擺上鍋子，可能是當作餐桌使用吧，不過牆邊還有另一張桌子，桌底下擺了一塊薄薄的坐墊。我問她「那是什麼」，她應了聲「哦」。

「那是工作用的，我畫圖時使用的地方。」

仔細一看，桌上擺了個人電腦和電繪板，桌子旁有一臺影印機，各自有電線連向牆邊。可能插座就在那一帶，才會配合將桌子擺在那個地方吧。她都是以數位繪畫工具繪圖，所以我早料到她會準備桌子來投入同人誌活動。

不過，感覺這屋裡家具的擺設，也不知道該說是不自然，還是不方便。如果是因為插座配置的關係，或許真是如此，情非得已，但這麼一來，就變成是坐在屋內角落面向牆壁工作，採光不佳，而更重要的是，桌子和坐墊都和吃飯用的不同，相當簡陋，不適合長時間工作。應該說，那裡給人的印象就像是臨時湊出的空間。

至少也應該在那裡鋪一條地毯，或是買張椅子吧。我才剛提到這件事，她便難為情地笑了。她說，哎呀，我也是這麼想，但因為最近在那裡闢出一個新的場所，所以就將就著用。

「我不是說過嗎，原本在走廊的中間有一個我睡覺用的房間。我在那裡擺了一張像樣的桌子，在那裡工作。但附近有一張床，會害我忍不住往床上跑，無法專心。」

簡言之，要是床和工作桌擺在同一個房間裡，工作就會停滯不前，因此姑且先在這裡打造一個全新的工作場所，似乎就是這樣的狀況。當時已是十二月下旬，氣溫驟降許多，不過，想在家中工作或是寫稿時，要是附近就有棉被或舒適的坐墊，工作效率肯定變差，我也有這樣的經驗，所以我也笑著回了一句「嗯，妳說的對」。雖然我沒參加，不過年底還有一場大型的展銷會，也許她是為此在準備，才會這麼忙碌。

來到她家過了約一個小時後，菜餚全部端上桌。我們一手拿著罐裝啤酒，一手拿筷子吃我們兩人合力張羅的火鍋以及在超市買來的半價促銷熟食，當食材都大致吃完時，夜也深了。我拿出擺在書架裡的同人誌，那是夏天時我們一起寫稿的合同誌，我一邊翻書，一邊聊起當時的回憶，還打開擺在房間角落的電腦，看著以前的繪畫作品，天南地北地閒聊。談話內容和平時沒多大不同，但還是有一種不同於平時的感覺，彼此的對話似乎也比平常更熱絡。

而在擺放電腦的工作桌前聊天時，她突然起身上廁所。廁所和衛浴位於從客廳來到走廊後的左手邊，寢室則在右手邊。她在走廊的另一頭關上廁所門時，我不經意地環視屋內。視線前方是電腦的畫面、電繪板、擺在桌子旁的影印機。接著我轉頭，看到的是屋子正中央一帶，剛才我們坐的餐桌。早已涼了的火鍋湯和菜渣仍殘留在鍋裡，塑膠袋、下酒菜的包裝、啤酒空罐散落一旁。我心想，也差不多該好好整理一番了，站起身，就此移回視線，立起單膝，這時，那臺影印機再度映入我眼中。

從影印機的蓋子微微露出一張白紙的邊角。應該是影印用紙吧，不過在製作同人誌的這處工作空間裡擺了這麼一臺影印機，所以我猜這可能是掃描後的原稿吧。

這時她從廁所走回來，看到正準備站起身的我低頭往下瞧，她問我在做什麼。

「沒什麼，只是覺得影印機裡好像夾了什麼東西。」

「哦，那個啊。」

「是稿子嗎？」

「不，不是。」

「哦，這麼說來，是跟工作有關嘍。是要送交公家機關的文件嗎？」

「嗯……也不算是。」

「什麼啊，我可以看嗎？」

「可以啊，不過，不是什麼多有趣的東西就是了。」

掀開蓋子一看，果然是一張紙。尺寸應該比B5大小的筆記本還大一些。夾在影印機蓋子下的紙張，也就是影印的原本，就擺在那裡，因此，想要影印的那一面就覆蓋在底下。而就在我伸出右手，拿起那張蓋住的紙張時……

屋裡響起咚的一聲悶響。

那是我拿起那張紙的瞬間，或是拿起它的那瞬間之後發生的事。

我無暇錯愕，就只是反射性地轉頭望向聲響傳出的方向。從廁所走回來的她，就站在我的視線前方，而她也跟我一樣轉頭望向身後。

她似乎正準備關上與走廊相連的那扇門，半開的那扇門後面，空洞黑暗的走廊彷彿無限廣闊，從那一帶傳來聲響。雖然像是聽到了聲響，但我也不確定，判斷不出聲響是從哪裡發出，但她也轉身望向身後，所以看得出來不是我自己聽錯。在無聲的狀態下，時間一分一秒過去，我全身僵硬，無法動彈，但她過沒多久便轉身面向我，略顯難為情地對我說道：

「好像從床上掉下來了，抱歉，嚇到妳了。」

她的語氣就像在酒局中不小心讓手機發出聲響般，感覺沒什麼大不了的，所以我也稍微恢復平靜，或許應該說差點就要恢復平靜才對。

可能是手指拈起紙張的瞬間聽到那個聲響，我伸長的手臂反射性地往回收吧，我以為手指已放開那張紙，但可能是還沒完全鬆開，那張紙就像書本翻頁一樣，就此翻面。

我看到掉落地板的那張紙。

這是名叫[redacted]的人。

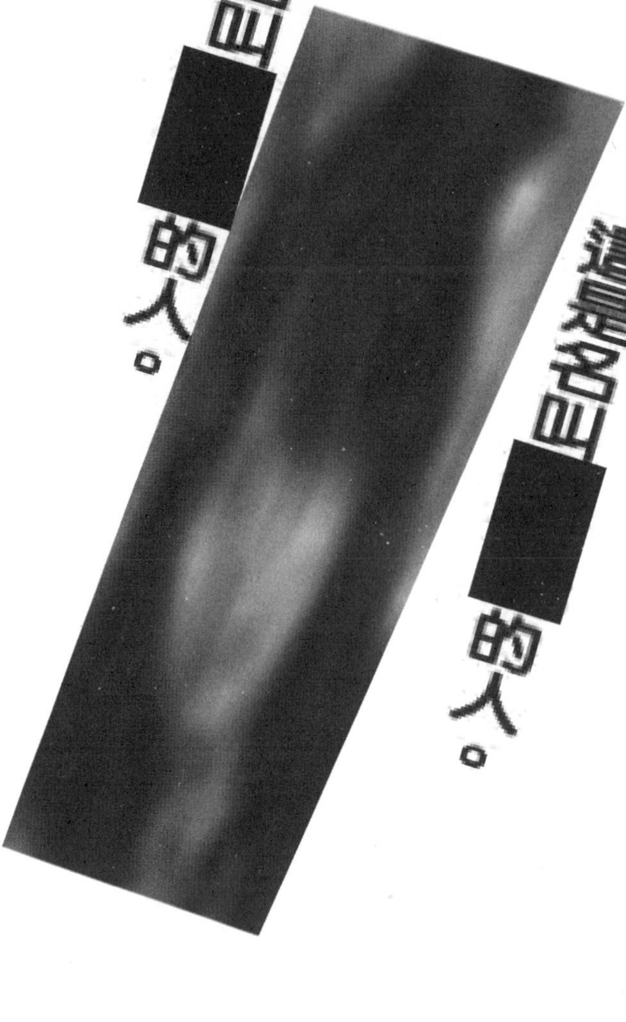

這是名叫[redacted]的人。

時至今日已過了約二十個年頭，我還是沒搞懂那究竟是什麼。

只知道上面印有某人的照片，印有像是某人名字的一串文字，它們全都被斜向地拉長，只知道這樣。不過，與其說知道，不如說只看到這樣的畫面，並不明白那是什麼。

她朝我一步步走近，蹲下身。

撿起那張紙。

接著改換走廊前方微微傳來「咔噠」一聲。就像隨手搬動家具，或是走在屋內，腳碰到桌椅時發出的聲響。聲響來自昏暗的走廊前方，也就是離開客廳後，右邊那扇門的後面。

從寢室裡傳出。

來自她一個人住的寢室裡。

那個、不、呃──我發出這種不成聲的怪叫，她望著我，臉上浮現一抹既像難為情，又像尷尬的笑容。

「哎呀，這是因為我看別人提過，從右上到左下會比較好。」

她如此說道，語氣和剛才沒什麼不同。

在她說話時，寢室仍持續傳出咔噠咔噠的聲響。

「妳也知道的，」她接著往下說。

「我就是喜歡風水、咒術這類的東西。之前我做過一些調查，這也是因為我心裡想，可能有不好的東西會通過這裡，不知道有沒有什麼流言會提到這件事。於是我在網路上找了一下……」

她視線落向手中的那張紙，接著往下說。

現在想起來，當時直接離開她家，或許也是個選項，但那時候我就算想到這點，想必也無法付諸行動。這裡是集合住宅的二樓，出入口在走廊的另一頭，也就是過了寢室那扇門的後面玄關。

「幽靈通過的地方叫什麼來著，有了，叫鬼門，記得是叫鬼門沒錯。妳知道嗎，幽靈通行的方向是固定的。因為那個方向會累積許多不好的東西，所以才要特別注意，這是舊有的規矩，也就是從右上到左下這樣的方向。」

這時連我也慌了，雖然一時之間無法完全明白她說的話，但現在細想，我當時和她在這裡所談的，應該是所謂的鬼門、裏鬼門，以及連繫這兩者的鬼門線。雖然我對這類的知識也感興趣，但終究也只是一知半解，沒有確切的把握。

不過，就算是這樣，我仍覺得她說的話當中有不少錯誤，或者應該說，她的認知和一般深植人心的想法不太一樣。

現今在日本流傳的「鬼門」概念，大部分都是指東北的方位。自古以來，那裡被視為妖怪，也就是和我們不一樣的可怕之物來去的方位，而從這裡演變出來的，就是日後人們指稱容易會對某人造成不良結果的事物或是某人不善應付的事物，都會使用「鬼門」一詞。此外，在方位上，與東北處於相反位置的西南方位，又稱作「裏鬼門」，這也和鬼門一樣，被視為不好的東西進出的方位，受人忌諱。因為有這樣的背景，鬼門作為包含妖怪和禍事在內的一種廣泛概念，不知從什麼時候開始與風水、家相等環境相關的話題扯上關係，如今從鬼門到裏鬼門、從東北到西南連成的這條線，開始被俗稱為「鬼門線」。

但即使如此……

「剛才我說，通往鬼門的方向現在累積了許多不好的東西，也就是惡靈或鬼魂這類的東西。要是從右上往左下走，那就如同來到了像幽靈通道的上頭。所以在配置上要多加小心，似乎也有這樣的一種想法。」

就算是這樣……

還是很明顯看得出她說的話不太正常。

「所以才會從那裡通過。」

如果要談鬼門、鬼的通道，一般往往都會結合方位吧。從東北到西南。如果視北為上，那或許就是從右上通往左下，不過這也只是方向符合罷了，與鬼門根本沒什麼關聯。不，就算有關聯好了，光這樣就說那是不好的東西出入的通道，未免也太誇張了。

為什麼會想到在那裡放一張將某人拉長影印的照片呢？

話說回來，那個人是誰，這麼做的目的何在？

這一切都很莫名其妙，而且透著古怪，並不尋常。要是她能做出一些怪異的舉止，讓人知道和平時的她不一樣，例如突然桀桀怪笑，這樣反而能教人放心，可我明明覺得這不是所認識的「凜」，但她卻若無其事地和我閒話家常，聊她的嗜好。

「畫漫畫或插圖時所用的軟體，不是也能用來進行圖像編輯嗎？這樣剛好。而影印機也是因為這樣的關係，老早以前就自己買了，所以我心想，這樣一來我自己也能辦得到。」

我說——這時我終於擠出了聲音。

想必是嚴重顫抖，聽起來很窩囊的聲音吧。

「那個是什麼？」

這是在那樣的場面下，我竭盡所能提出的問題。

「那個」指的是什麼，坦白說，連我自己也不清楚。我只是基於「得說些什麼才行，我不想讓她再繼續說下去了」這樣的想法，脫口提出這個問題。原本夾在影印機的蓋子底下，現在她拿在手中的那張紙，到底是什麼？這或許就是我的提問，也可能是完全搞不懂眼前的情況，出於這樣的想法才說出這句話來。

至少她那時候應了聲「哦」，朝拿在右手中的那張紙瞄了一眼。

她思索了一會兒，那模樣就像在說「該怎麼回答才好呢」。

「這可能就像護身符吧。」

她如此回答，就只回了這句話，對話便突然停止，安靜無聲。

門後仍有聲響傳出，雖然不像一開始那麼大聲，但幾乎會令屋內的東西挪位的怪聲，持續從寢室的門後傳來。

我不想聽到那個聲響，她說的話，還有那個聲響，都是因為原本不該被聽到的某個東西，現在被聽到了，這狀況令人難以忍受。因此，她才會想持續地說些什麼。她覺得自己在說話的時候，聽到的幾乎都只有自己的聲音，所以能感到放心。

我聲若細蚊地說了一句「這怎麼可能」。

這句話所指的，包括她手中的那張紙，以及此刻她講得若無其事的這種狀況。

說什麼幽靈、護身符，才沒這種事呢。

就算世上某處真有她說的那種東西存在，顯然也不是眼前這東西。

依照她的邏輯，也就是將某人的圖片和名字朝不好的東西會通過的方向拉長影印的這種行為，當真是前所未見，聞所未聞。

我說出心中的想法後，她露出覺得不可思議的神情。

經過片刻的沉默後……

「咦，要不然那是什麼？」

她向我反問。

餐桌上的鍋子裡剩下一些已經涼了的火鍋湯，上頭浮了一層油，她，把那張紙擺在鍋子旁，結果從寢室傳來的聲響戛然而止。

「嗯。」

她轉身背對我，快步朝走廊走去。

「啊，果然掉下來了。」從走廊前方傳來這個聲音，而我就只是茫然地聽著這個聲音。不久，傳來她走回來的腳步聲。

「哎呀，真是抱歉，氣氛變得很奇怪。」

她返回後如此說道，難為情地對我微笑。

「我並不是故意要嚇妳，或是想隱瞞什麼。妳也知道的，自己一個人住，如果想要一處可以使用的寬敞空間，大概也就只有床鋪了吧？所以我總是都擱在那裡，想說今天應該也沒關係，所以就繼續擺著了。不過，我要睡覺時會把它移開，因為空間太窄了。」

她以平時的口吻說道，呵呵笑了起來，我望著這樣的她。

真是的，我已經不願再多想了。

不去想這是什麼難以理解的事，或是什麼可怕的東西。

我已不想再繼續深入想這件事了。

哦，這麼說來。

在有床鋪的房間裡，確實無法專注呢——我說。

就是說啊，得趕緊買張新坐椅才行。

她望著屋內角落臨時湊出的工作空間，如此回答道。

之後我們兩人一同收拾餐具和垃圾，過沒多久，我便離開她家。記得是晚上十一點左右。

記得行經走廊時，她說要送我去車站，但我在玄關前婉拒道「我記得路，就不用送了」，當時她的寢室裡也沒傳出任何聲響。

第一次去的車站到這條住宅街的這段路，入夜後我當然不認得路回去，我姑且以附近寬敞明亮的道路和設施為目標走去。走了約十到十五分鐘後，來到許多車輛交錯的國道，我攔了一輛計程車，就此返回家中。

她並沒有從那天起便不再和我聯絡，我也沒找理由搪塞，搬到其他地方，不再和她見面，之後我和她仍是朋友關係，持續了好一陣子。話說回來，就算想搬家，我也還是在附近的地區大學就讀，而且她之後看起來也沒什麼異狀。最重要的是，我的長相和住處她都知道，我認為在這種情況下，如果因為這件事而引發風波，絕不會有好事。雖然我再也不敢去她家拜訪，但我們會在網站上閒談，看著上傳到留言板上的圖片聊天，仍持續這樣的關係。

不過，實際見面的機會愈來愈少了，雖然那件事不是最直接的原因，不過我覺得我們在網路上交談的頻率也逐漸減少。其實不光只有她，過了一、兩年後，之前感情很好的朋友也紛紛投入各自不同類型的同人誌活動中，連他們的留言板我也很少上去留言。

又過了一段時間後，先前組成「同盟」的朋友們所經營的網站，開始有一、兩個連結失效，而當時我也忙著準備求職活動和畢業論文。當然也不是完全都沒上網，不過從那時候起，進行作品公開或是網路交流的場所，都逐漸從個人網站轉移到像pixiv或推特這類不需要管理網站的平臺。最後，我從大學畢業，成了社會人士，當時我幾乎連自己的網站都沒瀏覽了。

那應是我開始以個人網站和人交流後，過了四、五年左右的事。

當時工作已有了著落，好不容易有自己完整的時間。

睽違許久，我逐一瀏覽我保存在瀏覽器裡的書籤。

曾一起組同盟的個人網站，雖不曾有正式的交流，但常看他們公開作品的文字網站、常在橫幅或背景中使用的素材網站等等。

以前留言板只要一天沒看，就得查看紀錄檔，相當辛苦，現在最近的一次留言，是好幾個月前的廣告留言，而包含那些只對常來的用戶公開的隱藏頁面在內，以前常出入的那些個人網站，我現在甚至連從哪裡進入才能瀏覽一般頁面都忘了。

我就這樣懷著落寞和懷念交雜的複雜情感，如同漫步在廢墟中一般，逐一點擊書籤裡的連結。

當然，她經營的網站，仍留在書籤裡，我只猶豫了一下子，便點下那個連結。但就像前面看過的那幾個頁面一樣，螢幕上就只是顯示「無法連上這個網站」這行枯燥乏味的文字。

結果發現，至今仍舊運作的網站，大概只有兩成左右。當然了，我的個人網站也算是停止運作的那八成，許久沒看的留言板和信箱，也都沒人留言，與我最後一次的時候相比，幾乎沒什麼改變。因為連我自己也都長時間沒巡視自己的網站，所以這樣也是理所當然。我心裡想，這也是意料中事。

接著我突然心血來潮，試著轉到ＷＥＢ拍手的管理畫面。只要在自己經營的網站裡導入ＷＥＢ拍手，瀏覽者按下一個按鈕，就能傳送反應或是匿名的訊息，就像現今的按讚功能一樣，當時許多個人網站和部落格都導入ＷＥＢ拍手。我也不例外地導入了這項功能，不知道這禮拜獲得幾次拍手，有幾個人傳訊息給我，心中一則以喜，一則以憂。

可能有人會順著貼在別人網站上的連結而來訪。在我都沒維護網站的這段時間，平均每幾週就有一次會得到拍手，這點也令我有點意外。

當我滑動那零星排列的拍手記錄時，我移動滑鼠的手就此停住。

從那時候開始往前數，約莫是半年前。

在我的網站早已停止同人誌活動的時候。

我收到一則匿名訊息。

上頭只寫了一句話。

「我現在這張床，變得愈來愈小了。」

雖然我沒有任何根據，但我心想，應該是她寫的吧。

之後過沒多久，我刪除了網站。當時刊登的文章和圖片，只要從擺在某處的硬碟裡尋找，或許就找得到。又過了一陣子，我因為工作地點的關係而搬到別的地方，直到現在都沒再見過當時那些相關的人們，今後應該也同樣沒機會再見了。

不過，就像有時想起年幼時期一起玩的玩伴，倍感懷念一樣。

偶爾我也會想，那個人現在不知道在做什麼。

說要向筆者提供這個故事的人，到這裡說完故事後，吁了口氣。

我看她是一位四十出頭的婦女。她在講這個故事時，有些部分也都模糊帶過，而筆者在將故事整理成文章時，像時間序列和人物關係等各方面，也對某些部分做了一番整理。因此，寫在這裡的文章就不用說了，就連原本的故事也不見得全部屬實。

在咖啡廳裡隔著桌子坐我對面的婦人，向我問道：

「呃……這故事說到這裡，算是講完了，這樣可以嗎？」

筆者給予肯定後，她臉上露出略顯為難的笑容，繼續往下說。

「抱歉，因為這故事，連我自己也有很多地方不明白。別人聽了，恐怕更不明白，這點我自己也有自知之明，但我還是想跟人說。剛才我在講這個故事時，不是還讓您看圖片嗎？那張夾在影印機裡，從右上往左下偏斜的某人圖片。我當時當然沒收下那張照片，這是大約一個禮拜前，有人拍攝的照片。」

她讓我看她手中的手機，這樣說道。

「並不是我自己親眼看到。因為事情不是發生在我當初因為工作而搬家，一直住到現在的這個地區。而是我當時住的那個地方附近，有位大學時代的朋友一直都住在那兒，她說最近家附近出現這樣的東西，感覺有點危險，閒聊時用LINE傳來這張圖片。」

那位朋友住在一處幽靜的住宅區，從婦人以前住的地方轉乘電車，約四十分鐘就可抵達。那處住宅區最近街上到處都擺放這張紙，雖然沒帶來實際的危害，但搞得附近居民人心惶惶，討論起轄區警察該不該加強巡邏。

「我實在不敢跟朋友說，我可能知道這張紙的來歷。我只能說些不會惹來麻煩的話，例如『哇，好恐怖』，或是『妳應該會害怕，晚上下班回家時，要不要請人來接妳』。而且那張紙的類型，或是這種嗜好本身，雖然全都一樣，不過，和我以前看過的那張紙還是有些不一樣。」

她放大螢幕上的圖片，微微吸了口氣。

「說到不一樣的地方，首先是地點，或者應該說是形態不同。我當時看到的紙，正好放進影印機的影印面上，所以我心想，那可能是準備要影印好幾張，或者是印完後的其中一張。假設相信當時凜的說詞，或者是相信她的想法好了。要是那張紙就像護身符一樣，我覺得她可能會張貼在各種地方。當成像護身符或貼紙一樣。像影印紙般大小的一張紙上，大大地印了一張圖片和簡短的文字。如果是這樣，它的用途不就像告示一樣嗎？」

筆者這才發現，她的說話語速逐漸加快。

「不過，剛才我也說過，那張紙最近被擺在住宅區裡的各個地方。我朋友看了之後，拍下照片，地點是她回家時會在那裡等公車，有遮雨棚的一處公車站牌，那張紙就在長椅底下，沾滿了沙子和塵埃。看圖片也知道，這張紙有一些折痕。從折的方向來看，是要故意讓人看不到影印面的那種折法。」

她一面說，一面讓我看那張放大的圖片中央一帶。

的確，光就這張圖片來看，看得出紙張的折痕是採谷折，讓影印面可以合上。

「因此，我猜一開始那張印好的紙是以看不到內容的方式折好，放在長椅上，後來被風吹走，掉落到長椅下。感覺就像有人擺在車站吸菸處的傳單，不知不覺間變得縐巴巴，就這樣擱置在地上一樣。我朋友聽許多住在當地的人們說，那張紙大部分都是同樣以對折或是背面朝上的狀態，被棄置在路旁或是長椅上。所以人們以為是有人遺失，將它翻過來看，或是將折好的紙打開來，這才發現紙上的內容。所以……」

筆者注視著畫面朝向我的那支手機。

「我個人解讀，這應該是希望有人能仔細看吧。這東西要是貼在某個地方，大家遠遠看就會覺得可怕。我要是在場，一定也會覺得可怕，因為那真的很噁心。不過，這樣是不行的，她難道不覺得嗎？因為如果是這樣，大家只會覺得圖片被拉長，感覺很噁心。得好好讓大家明白，這是刻意從右上到左下擺放，讓人這樣看。如果不這麼做就沒意義，太可惜了，若換作是我，一定會這麼想。話雖如此，這個差異，也許加入了許多我個人的想像，所以我也無法很明確地斷言就是這裡不一樣。而我之前看過的那張紙，和那個圖片還有另一個差異，這是最大的不同點。」

她滑動那張放大的圖片，顯示出影印的臉部。臉的旁邊因為放大而多少被切掉，但還是顯示出一排文字，推測是她的名字。

「這是她的臉和名字。」

婦人如此說道，筆者凝視著手機畫面，就此沉默片刻。不久，婦人再度開口。

「她就是我學生時代常陪我一起玩，網站暱名『凜』的那位朋友。我們在網路上成為好朋友，而在展銷會見面後，我們在現實世界中一起出遊，但自從在她家發現那張紙後，就開始漸漸疏遠，和我年紀相近的那個女生。喏，這裡寫著她的名字。」

婦人的食指從畫面上滑過，那排斜向印出的文字占滿整個畫面。

「這是她的名字，應該是本名。剛才我說過，那個時代還會在同人誌上寫下作者的地址，那就像是為了想寫信寄給同人誌作者的人所特別記載一樣，所以有時連作者的本名也會一起刊登在上頭。如果是職業作家，往往會筆名和本名一起刊登，不過以同人誌作家的身分從事活動的人，要是有人寄信給他們，收信人寫的是網路暱名，可能會因為查無此人而被郵局退信。」

為了讓筆者看清楚，她讓手機畫面傾斜，自己也窺望著畫面，繼續說道。

「我在現實世界中也都叫她小凜，所以真正看到她的全名，感覺就只有那次合同誌慶功宴的時候，但我當時就記住了，因為名字一樣，所以容易記。當然了，關於她的長相，因為我們見過好幾次面，所以就算臉部拉長了一些，我也一看就知道是她。也就是說……」

她可能是不知該怎麼表達才好，有一段時間傳來她模糊不明的低吟聲。

「這是以她的臉和名字，重新做出的護身符。她的臉和名字用這種方式影印，然後在她現在住的地方到處散發。刻意把紙折起來，或是翻面蓋著，讓人可以就近看到那張紙。借用她當時的說明，或許應該說當時她心中所想出的理論，這是在惡靈或不好的東西容易累積的鬼門方向，讓她自己的名字和大頭照以右上到左下的方向通過。不，並不是從那時候就這樣。當時我從影印機蓋底下發現的那張護身符，上面印的是一個陌生人的照片，以及像是某位男性的名字，所以顯然和我所知道的這張紙不一樣。護身符的形態和上面印出的人也不同，所以我才沒辦法跟讓我看這張圖片的大學朋友說，我可能知道這個東西。就算說了，她也不會相信，該怎麼說好呢，這真是件教人想不透的事。」

該怎麼說好呢，這真是件教人想不透的事，她這樣說道，將咖啡杯湊向唇前。

筆者連附和都沒辦法，就只是一直注視著她。

並不是因為她說的這件事太不可思議，或是不合理，而為此戰慄，說不出話來。

因為此時邊說話邊讓我看手機的她，模樣開始愈來愈怪異。

或許應該用「被迫說話的模樣」來表現才正確。

坐在筆者對面座位的她，說話方式不時會有明顯的改變。並不是像多重人格那樣，說話時的個性和音量有明顯改變，就像前面所寫的，她並不是用詞遣句有了變化，因此，要是光聽她的說話內容，不會知道她有異狀。

話說到一半，突然她嘴巴的動作和說的話對不起來。起初筆者還以為是我自己聽錯了，我想這樣說服自己，但要用聽覺異常這樣的字眼來加以解釋，應該是不可能的事。

她就像在表演腹語術般，嘴巴的動作和實際聽到的聲音，有多次明顯沒對上。我並非學過讀唇術，但出現這種狀況時，她一定都是靜靜望著我，處在嘴巴一張一合的狀態，無一例外，所以光看她的臉我就馬上明白。那單調的動作，就像拙劣的操控人偶，或是三流卡通一樣，動作很不流暢，所以筆者只能一邊凝視她提供的手機畫面，一邊等候她說完。

「該怎麼說好呢，這真是件教人想不透的事。」她這樣說道，同時像在說這句話似的，頻頻動著嘴巴，然後將手中的杯子擱向桌面。她再次動起嘴巴，傳來和嘴型一樣的聲音。

「我也只能說，這真是件教人想不透的事。所以這感覺就像小時候模糊的記憶，或是過去發生的某件事，與夢中看到的場面混淆在一起產生的回憶，有一段時間我都很想這樣說服自己。但現在我看到那樣的圖片，真的搞不清楚到底是怎麼回事。」

她視線微微朝下，做出這樣的結論。

不久，她再度抬起視線。

面無表情，嘴巴一張一合。

「不過，雖然搞不清楚，但我還是試著去思考這件事。」她似乎發出這樣的聲音。

「可能是她以自己當嗜好所吸收的知識，試著進行儀式時，實際與某個來路不明的東西搭上了線吧。例如，本以為是召喚善良神明的儀式，可是卻搞錯了步驟，引發災難，這並不是我說的那種情況。我認為，她在那裡第一次創造出用神明、幽靈、惡靈這一類詞彙無法定義的某個東西，這也是有可能的事。」

她一味地使用說明口吻的口語體，那說話的模樣，就像早料到會做這樣的說明似的，一路接著往下說。

「因為儀式應該原本就是這樣吧？那些老舊的卷軸上所寫的步驟，就這樣保留了數百年之久，由偉大的學者歸納整理成書或是論文，這樣才是有來歷的儀式，步驟不能稍有偏差或是出錯，世上也有人抱持這樣的想法。就算是後來由聰明的人套上順序或體系所創造而成，但原本只是出自某人想出的方法，應該也有這種情況才對。我想，是她想出了那個步驟。也許是某人在模仿她。」

她說完這句話後，原本一張一合的嘴巴就此合上。

「抱歉，今天真的很謝謝您。」

我可能是邊笑邊這樣說。想到要是再讓我多看那張臉一眼，我就渾身不舒服，所以我當時幾乎已無法再直視她的臉。「我也很期待能寫成文章。」說這句話的她，到底是哪個她，現在已無從得知。

後來經過簡單的問候和幾句制式化的交談後，婦人步出咖啡廳外。

mixi主題

「來聊聊【怪奇・不思議】同人誌裡發生的恐怖體驗吧」摘錄

（目前已刪除）

〔23〕mixi用戶

08月24日19：26

只要是選集，果然就會有很多這樣的體驗……

很久以前，我向一群好朋友募集，要在夏天舉辦同人誌選集，當時遇到一名怪人。所謂選集，並非特定配對的二次創作，而是想以久違的一次性創作一顯身手，限定是原創漫畫或小說，展開聯合創作。當時指定的重要主題，就像是「以同人誌作家當主角吧！」這一類，所以可以畫隨筆漫畫，也能寫沒銷路的同人戀愛文字書，就是這樣的選集企劃。後來果真匯集了各種作品，因為是這樣的主題，所以容易融入自己生活周邊的題材，算是很快樂的一次企劃，不過……

當時我在大肆宣傳說要辦選集之前，曾和圈子裡幾個感情特別好的人提過這件事，並在召集了確定的人數後，才在網站上公開招募，而在網站招募階段，有個人寄電子郵件來，說她也要參加，感覺是個怪人……

我知道她原本在不同的類型上寫了幾年，最近才踏入我們這個領域，也不時會在留言板上留言，感覺是不會惹麻煩的人，所以我也就一口答應，告訴她需要的頁數、文字編排，以及截稿日期，之後便一直等她完稿。而到了截稿日逐漸接近時，她寄來電子郵件並附上檔案，信中寫道，這就是選集用的文件，請多多指教。

我看了那個檔案後，覺得那文章寫得就像是會令人毛骨悚然的怪談小說，而且故事中的主角，或者該說是說故事的人，明顯就是在講寄來這個檔案的她自己的故事。這很難說明，不過……文中採用的是像「我來到這裡」、「我心裡這麼想」這類的寫法，將自己體驗過的事如實說出，而實際說出的故事，也很驚悚駭人。而這真的就像在這個主題中所寫的，到一位因為寫同人誌而結交的好朋友家中時，發現對方明顯變得愈來愈怪異，就是這種感覺的內容，讓人覺得這該不會是這個人的親身體驗吧，這樣的寫法，我到現在仍記得……就像我前面提到的，像隨筆這類的體驗談，也有其他人寫，但我沒想到竟然有人會寫這種靈異體驗的內容，所以相當吃驚。

不過，這符合我們的主題，而且我在事前告知時說過，只要類型指定為全年齡皆可，什麼內容都行，所以我心想，這種像怪談或驚悚小說的內容，就像罕見的（或者該說，只有她會寫這種內容）專欄一樣，就算加進選集中應該也不錯吧。

因此，我回信寫道「已看過原稿，謝謝！」，而她則是再回信給我，跟我說有事想和我商量，以用詞遣句相當客氣的一篇長文提到，希望在文字編排上能拜託我一件事。

這本選集，以小說三、漫畫七的比例組成，寫小說的人如果也都是圈子裡的人，則大部分都會以橫書格式的同人誌方式出版，所以像文字編排，或者該說是文字的方向，小說都統一採橫書格式，但她的內容給人的感覺，就像希望特別能為她的小說做改變似的。簡單來說，她拜託我，她寫的作品能否像一般文庫本那樣，採直書的編排。

但那個時候我已做好了整個結構，也就是讓完成的原稿可以直接套用的編排版型，而且這是選集，有時會與其他人共用頁面，所以這樣會有困難，我這樣回覆她，但不知為何，她也很堅持，不肯罷休。她對我說，「可以請您想辦法改一下編排嗎，如果設計頁面會占用時間的話，我這邊寄直書格式的資料給您，可以請您插進編排中嗎？」總之，她一直拜託我，糾纏不休。而且她的表達方式也有點古怪，記得她本人用的不是直書編排這種說法，而是一味地用

「可以從右上到左下編排嗎」這樣的說法。雖然她信中後面寫的文字也很怪，例如像「如果不這麼做，就沒意義了」之類的，但「從右上到左下」的表達方式用得特別勤，所以我記得很清楚。

她用這種奇怪的表達方式，而且突然寄來這種陰森又古怪的文章，因為給人這樣的印象，反而更令人覺得陰森可怕，所以我也悍然拒絕她提出的要求。

結果她回信告訴我「我明白了，那麼這次請容我撤回稿件……」。不對，這麼一來，目錄以及我向印刷廠提出的頁數，都得重新調整……雖然心裡這麼想，但要是這時候我再多說些什麼，恐怕又會惹來不必要的麻煩，所以我回了一封很制式化的郵件告訴她「我明白了，下次有機會的話再麻煩您」。我心裡想「妳別再來了！就算妳來了，我也會馬上拒絕妳！」（笑）

但事實上，為什麼她會突然想在我們的社團裡刊登那麼可怕的文章，以及為什麼她對文字的方向這麼堅持，也始終是個謎……至於原因，我從沒想過要查清楚，或是問個明白，但對我來說，這是很可怕的體驗。

試著實際寫下後才發現，根本一點都不可怕，可是卻寫了這麼長一篇……寫下如此長篇的廢話，真的很抱歉（汗）。

第二話　behead-複製

網路上流傳的怪談，它有多種稱呼，例如Creepypasta、電承、Netlore等等，可能因為它散播的媒體是網路，所以這類的怪談常會附上「詭異的圖片」。在國外的匿名留言板上流傳的殺人魔傑夫殺手（Jeff the killer）的怪談，都會一併貼上一張有著歪斜的大嘴，雙眼被加工得異樣渾圓的女性大頭照。以「這個圖片如果不在①個小時內到其他留言板上張貼①次的話……」這樣的威脅文字，和「網路上流傳的怪異女性『八尺大人』圖片」這樣的附加圖片，有一段時間張貼在所有匿名留言板上，眼睛和嘴巴做過大幅加工的日本人偶照片。在匿名留言板的全盛時代，尤其是以不斷顯示出視窗的手法，集中對個人電腦的記憶體造成負擔的瀏覽器衝擊器（Browser crasher），一度展現了它的威力，而在網路留言板上張貼這些詭異圖片的行為，又稱為「精神上的瀏覽器衝擊器」，它作為一種傳統的破壞手法，急速向外擴張。

不過，許多人看了這些圖片，讓圖片打響了名號，但連「由來」也廣為大家所熟知的圖片，幾乎可說是一張也沒有。例如前面提到的日本人偶圖片，約莫是從十年前開始，斷斷續續在一些有心人的特定追查下，大致可推測出這拼貼畫的原始圖片，以及它開始四處流傳的時期，不過以現況來說，還無法鎖定它具體的第一次出處。

過去許多人曾使用的留言板網路代管服務，也都陸續結束，現在紀錄檔的存檔檔案完全沒留下，而且被刪除的資料已不可逆，這樣別說數位刺青了，永遠無法驗證和參考的資訊多得數不清。尤其是網路上的怪談，「具體來源不明」本身往往就已經增添不少詭異氣氛了，而在散播時，又沒什麼必要明確記載出處，所以要鎖定圖片來源更是難上加難。有時因為符合的紀錄檔已不存在，就連原本理應四處散播的圖片資料也不見了，只能從不是出處的留言板上所進行的對話或是複製貼上的文字紀錄檔中的一部分來對內容展開類推。

可能是這個緣故，即使是已不流行在匿名留言板上聊怪談的現今這個時代，或者正因為是這樣的時代，追查網路上四處散播的詭異圖片或照片的詳細情形，這樣的話題似乎有其一定的需要。在各種留言板、部落格，或是鎖定特殊嗜好者的超商販售書上，雖然有質量的差異，但至今仍有人耐性十足地試著加以查明。

而作為第二話所刊登的文章，也是與這種「網路上流傳，來路不明的詭異圖片」有關的資訊。話雖如此，它們並不像前面提到的圖片那麼有名，絕大部分都是像都市傳說一樣，在部分社群裡流傳的資訊，所以相較之下，現在可以參考的資料既稀少又有限。

引用自Ameba部落格「卑微大叔的自言自語。～百無聊賴～」

【恐怖】以前流行的奇怪圖片【詭異】

主題標籤：日記 體驗談 恐怖故事 備忘錄

之前在某個深夜，我打開電視，看到在納涼特輯中進行一項企劃，有位偶像看了「絕不能搜尋的關鍵字」的搜尋結果，嚇得尖叫，我看了之後大為吃驚……我想的不是這竟然能成為節目內容，而是現在竟然已成了會在電視上播出這種題材的時代。有種無法理解的感慨。（藁）[2]

那種圖片不知道是誰從哪裡取得，但貼得滿滿都是。像在圖片鑑定的討論串上，有一段時間甚至比獵奇還討論得更熱鬧呢。這時我想起的是以前在2channel的超自然板常轉載Inuuma[3]、托兒所的上吊圖片等詭異圖片的那時候，在部分的留言板上盛行一時的某張圖片。看這個部落格的人當中，有人還記得嗎？感覺像是用舊式手機拍攝的照片，在昏暗中拍出一個穿制服的人脖子以下的部位……偶爾會張貼在恐怖圖片討論串裡，而且一定會有人回應，詢問有誰知道這個圖片的詳細由來，還記得對吧。現在細想，那照片拍的也不是什麼多奇怪的東西，而且與其說圖片詭異，還不如說它每次一定會有人回應才詭異吧？

我認為它應該不像「絕不能搜尋的關鍵字」一樣，是那種搜尋之後就會冒出圖片的類型，所以不知道該怎麼搜尋才能找到那張圖片。不過，現在想起來之後，心中逐漸興起一股懷舊之情。於是我在睽違多年後，再次造訪2channel，瀏覽了各個留言板。

結果令我大吃一驚，就像是圖片由來討論串的恐怖圖片版本一樣，這種留言板至今仍出現在很多地方。的確，如果是這種圖片，就算進行圖片搜尋，可

2. 讀音「wara」，諧音日語的「笑」字。
3. 滿滿都是會耗損人精神的圖片所構成的網站。

能也還是無法得知當初是誰創造的……不過，當我漫不經心地瀏覽各個留言板時，我發現有幾則留言，也在調查我剛才提到的那個圖片來源。看了真開心～（不，最後還是不知道那圖片到底是什麼……真遺憾！）

於是我隨便看了幾個紀錄檔，發現：

●至少是在二〇〇〇年後期才開始散播開來

●最初是出現在個人經營的租用留言板

●原本是一名女性的圖片

大部分留言都同樣是這麼提到，所以這應該是確切的資訊吧？

不過，實際是怎樣，似乎還是弄不明白。有些討論串說它是驚悚小說，誇大地說成像都市傳說一樣，所以顯得很恐怖，但這真的是事實嗎？嗯……啊，不過，我看到的似乎只是圖片的一部分，我第一次聽聞此事時，相當吃驚呢。就我所知，就只有脖子以下的上半身，但這是事後裁切的圖片，聽說其實有連脖子以上的部位也一同拍到的圖片。很多在留言板上調查的人們也想看它的原始圖片，我也很想看。如果是好幾年前的個人留言板，要找出以前的紀錄檔相當困難，而且臉部是後來才被裁切，這件事聽起來也透著詭異……

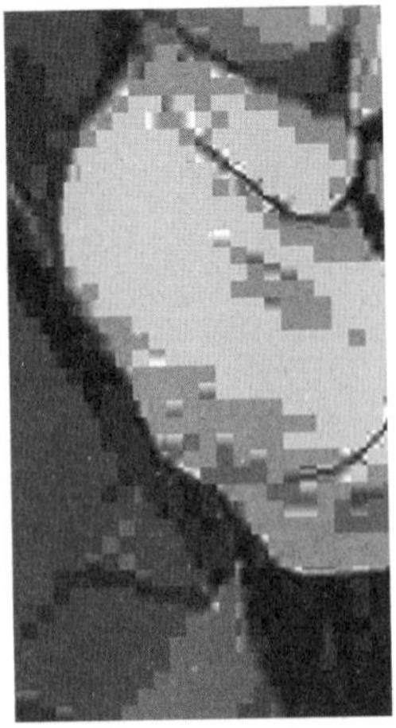

出自《駭人的真實怪談　暗黑篇》

第六話　殘缺的靈異照片

「我從小就喜歡驚悚類的故事。像血腥暴力電影這種血淋淋的場面我不能接受，總會避而遠之，不過——正因為這樣，我常看這種真實怪談的書，家中的書架上也全是這類的書呢。」

主動向筆者提供自身經驗談的洋子小姐（假名）這樣說道，露出靦腆的微笑。她在接受採訪時，還是東京某大學的學生，這次的體驗，是她與大學的朋友聊到她感興趣的驚悚小說與怪談時發生的事。

「我那位朋友和我分屬不同的研究室，不過我們是同一個學院，所以感情特別好。之前我很少談到自己感興趣的這類話題。不過，在閒聊的過程中，聊到那天電視上好像播出夏天的靈異特輯，就這樣發現我們兩人志趣相投。」

當時兩人都已上完當天最後一堂課，像平時一樣，在大學的餐廳裡提早吃晚餐，不同於平時常談的話題，很熱絡地聊起了驚悚小說。據說在對話中，洋子小姐拋出「靈異照片」的話題，她那位朋友表情微微一變。

「她說，『我很少談這類的話題，不過，如果是洋子妳的話，應該肯聽我說吧』。我心想，她會說些什麼呢，就此點了點頭，於是她接著說『其實我有一次拍到靈異照片』。」

聽了之後才知道，她與另一位朋友「不期而遇，想說機會難得，拍了張照片」，結果那張照片一直無法刪除，至今仍存在手機裡。洋子小姐聽了之後，二話不說，馬上拜託這位朋友讓她看那張照片。

「因為我從沒看過真正的靈異照片，所以我自己也認為這樣的行為很單純，於是我請她馬上讓我看，她好像也知道我會這麼說。我還抱著姑且一試的想法，對她說我也想要這張照片，而她也很乾脆地答應了我。」

那位朋友對手機操作了一會兒，接著遞向洋子小姐面前，讓她看手機畫面。洋子小姐也看了，但完全看不出哪裡有「靈異畫面」。這是她拍攝朋友的照片，但因為太近迫或是過度放大，使得畫面上只顯示出脖子以下的部位。從這個狀態的畫面，只看得出她的朋友應該是女性，穿著一件像學生制服的衣服，靠在一面褪色的白牆上。

「我連角落都看得很仔細，但還是看不出來，所以我問她『抱歉，靈異的地方在哪裡』。結果她淡淡地回了一句『在這個畫面外』。」

關於這點，我到現在還是不明白——洋子小姐接了一句。

「簡單來說，她給我看的，是那張靈異照片的一部分。她說真正的照片是以更大範圍的畫面視角拍攝，拍到了靈。但可能是覺得害怕吧，那部分她在使用電腦管理MicroSD記憶卡的圖片檔時，用編輯軟體做了裁切。」

換言之，洋子小姐看到的，似乎是將拍到某個東西的那部分修剪掉之後，所加工而成的靈異照片。原本的圖片可能已經刪除，或是用電腦管理檔案時遺失，因而沒能看到加工前的原圖。

那麼，圖片上到底拍到了什麼？洋子小姐如此詢問，結果那位朋友就只回了一句：

「臉部不一樣。」

說到這裡，她歎了口氣，之後若有所思地低下頭接著說。

「當然了，我也很在意上面到底拍到了什麼。而我個人也很好奇的另一件事，是我當時看到的到底算不算是靈異照片。不，我這話的意思，並不是說我不相信她說的話，單純只是出於興趣。如果從靈異照片中將靈異的部分裁切掉……雖然附近確實有某個東西存在，但針對沒顯示出那個東西的空間拍下的照片，算是靈異照片嗎？」

不過，當時洋子小姐對於沒拍到靈異畫面感到有點驚訝，但她還是和一開始的請託一樣，決定要那張照片。起初她想請對方用電子郵件寄送那個圖片檔給她，但那位朋友拒絕。她說，「雖然是裁切過的圖片，但直接交出這個檔案，心裡還是有點排斥，如果妳真的想要，可以將我現在顯示在手機螢幕上的畫面拍下來嗎？」

洋子小姐在開口拜託時，原本就已做好被拒絕的心理準備，所以她馬上答應對方的要求。洋子小姐調整手機，盡可能不讓畫面反光，就此按下快門，將擺在餐廳桌上的手機畫面拍進自己的手機中。

「在按下快門的那瞬間——雖然只有一瞬間，但我感覺背後有一道強烈的視線朝我投射而來。我轉頭往後望，但只看到沒幾個人在的學生餐廳大廳，沒人在看我。」

洋子小姐當時一臉茫然地望著自己身後，後來是在朋友的一句「謝謝妳拍照」，才猛然回神，她急忙轉身面向朋友，做出回應。朋友說，「過去都沒有交情這麼好的朋友，可以當面好好聊這件事。」她一臉欣喜地向洋子小姐道謝。「哪裡，用不著跟我謝謝啦，我也沒想到會聊到這樣的驚悚話題。」洋子小姐一邊這樣說，一邊將盤子裡剩下的菜吃完。

「還有，現在我在自己一個人住的屋子裡睡覺時，偶爾會有奇怪的體驗呢。晚上在床上突然醒來，不經意地轉頭望向書桌的瞬間，會看到一個像人影的東西，然後它馬上就消失……不過我認為，與其說那是靈，不如說我是因為即將面臨畢業論文和求職活動，壓力太大的關係。」

她以這句話做了個總結。

洋子小姐說，因為這些體驗，她心中略感不安，而在幾個禮拜前更換手機時，便順便刪除那張圖片。她做出了一個結論，雖然情況沒因此好轉，但目前也沒遭受什麼特別的危害。

「不過，刪除了那張照片，我現在有點後悔。因為就算摒除我個人的體驗不談，那也是一張滿詭異的照片，就算是經過裁切，但我過去也沒看過真正的靈異照片。我也曾想過，不知道能否再次拜託那位朋友，請她再讓我看一次那張圖片，可是……她不久前突然休學，之後便一直聯絡不上她。」

20210908.wav　轉文字資料（已修改完畢）

第一次在網路上看到屍體，是什麼時候？

所謂的獵奇圖片就是。

現在這個時代，用不著大費周章，像搜尋圖片這種小事，只要花點時間，就能看到許多，而且最近雖然有一些大型網站消失，但提供這類圖片和影片共享的網站依舊興盛，所以我認為數量應該不成問題。

以我的情況來說，當時似乎是處於千禧年中期。「絕不能搜尋」這類的話語才剛流行，在開始有許多人經由影片網站或情報收集網站大開眼界之前，我便因為在匿名留言板上點進釣魚連結，而第一次看到國外的車禍屍體。那個時候的我該怎麼說好呢，有點離經叛道，哈哈。當時我覺得常待在這種地下網路世界，是一種很酷的展現，所以將各種留言板加入書籤，時常前往瀏覽。

記得當時「歸納ＷＩＫＩ」還不太充實，基本上常常都是在匿名留言板的討論串或個人經營的租用留言板上與人交流資訊。這或許只是我個人的感覺，當時的網路給人一種模糊感，與地下文化的距離頗近。舉例來說，現今只有在部分富豪之間流通的虐殺電影，以及單純只是拍攝殘殺畫面，沒打算交易販售的獵奇影片，不就是經由共享的途徑而平安共存嗎？後者只要從××rish[4]，或是××Leaks這種可以輕鬆造訪的網站，就能看個仔細，但如果想看前者，可就不容易了。得準備一個不會被查出身分的戶頭用來交易，或是通訊過程全部匿名。不過，當時並不會區分得這麼嚴格，現在回想起來，教人捏了把冷汗，就算是在不會特別匿名的留言板上，也有不少人進行這種影片的交易。大部分都是偽客，交易是否真的成立，也沒人知道。

不過，真正上傳的內容本身，和現在沒多大不同。這十幾年來，改變的只有畫質或音質，基本上，當時只有圖片，偶爾會有因為壓縮過度，而畫質模糊的影片。當時還沒有美工刀虐殺和墨西哥父子被刨出心臟的影片，但從那時候起，感覺這樣的嗜好已然成形。這類的影片上傳後就馬上刪除的檔案共享網站有好幾個，有人以那裡的資料為基礎，在剛才提到的那些像留言板的地方，以「最近這裡又重PO那個影片了哦」這樣的方式，展開資訊交流。尤其是個人經營的地下文化綜合型留言板，是以彼此對這方面的情況都很了解為前提，由一小部分人暗中進行，所以在交流時相當露骨，毫不避諱。

說到地下文化綜合型，是怎樣的類型呢？大致來說，感覺是內容網羅了血腥、藥物、色情、科技等類型的留言板。當然了，它們各自會對不同的要素加以強化，有的留言板還會說，我們只討論匿名技術，電腦病毒相關的事請到別的留言板。不過，綜合型留言板它們的共存也愈來愈鬆散了。而這也是來自個人經營的小規模地下文化留言板上的個人經驗談。

現在不知道還在不在。那是個大概連網路魚拓[5]也不知道會不會保留快照

4. 指 Ogrish.com。
5. 日本一個保存網路頁面快照的網站。

的地方，不過，它也在我剛才提到的各個類型上，被併入鬆散的分類中，是個會在當中成立討論串聊天的頻道。裡頭的人數算不上非常多，不過頻頻在上頭留言的人，占了相當高的比例，所以只要過了一週，想要追查那個時期的紀錄檔，恐怕就得死心了。那裡的交易並不多，算是一處閒聊順便交換地下文化相關資訊的地方，所以待在那裡覺得很自在。

話說，那個留言板一度出現一個討論串，名為「各種嗑藥留言討論串」。那是處在各種嗑藥狀態下的人們所做的留言，算是一種閒聊兼實況討論的討論串。當然了，這是絕對不能做的危險行為，而事實上，那個討論串裡也並非每個人都在吸毒。例如，刻意嗑了藥，卻完全沒有high的感覺，所以想看看別人的情況，或者單純只是想看別人在很high的狀態下留言，在背後偷笑，以這類的人居多。以氣氛來說，與二〇一〇年前期的心理健康板很相近。我也沒嗑藥，不過，基於這樣的目的，也就是抱持著雖然不會喝酒，但喜歡聽喝醉的人講話，所以想去參加酒局這樣的心情，常去那個討論串光顧。

當然了，這是基於「儘管處在這種狀態下，仍然想留言」的一種需要，才成立的討論串，所以很少有人會使用興奮劑或是會讓人完全無法動彈的藥物。而且這裡也沒採取申報制度，所以無從掌握誰服了什麼藥，不過我猜大部分應該都是派對毒品或是過量服用市售的藥物。留言板上的氣氛，不是真正想要享受藥物，而是感覺在網路匿名的留言板上做了不該做的事，樂在其中。儘管如此，還是有死亡的危險，算是在很多方面會給人帶來困擾的行為。

尤其是想藉由服用市售藥物來產生幻覺的人，副作用就是會健忘。過程中不知道該打什麼字好，錯字和漏字的情況大增。但如果處在很high的狀態下，就會連這種感覺也變得模糊，所以他們好像都是一邊實況進行，一邊在有其他人在場的留言板上寫文章。基本上，抱持這種目的的人會積極地留言，其他人邊看會邊聊到「哦，開始發揮藥效了是嗎」或是「這我懂，喉嚨卡卡，有種奇怪的感覺對吧」，就是以這種情況展開討論串。

在這樣的討論串中，某次有位才剛開始用藥，而且又沒耐受性的人，陷入負面體驗（bad trip）中。某天，大概是平日的晚上七點左右吧。那個人雖然也算是留言板的常客，但鮮少在藥品相關的討論串裡常駐，而在那個留言板裡，訪客大多是在獵奇類的討論串裡聊天，所以一開始看到那個人的名字留言時，我還覺得有點難得。

哦，這應該是那個人的名字，或是網路暱名吧。記得好像是叫「ＳＵＺＵ（すず）[6]」。大家都叫她ＳＵＺＵ。

我一開始逛那個留言板時，那位「ＳＵＺＵ」正在提問，像在暗示她正準備嗑藥。她在上面留言問道，如果是這種類型的藥，該吞幾顆？吞完後，是該坐著好，還是躺著好？從留言內容來看，我猜她應該是一口氣要吞下多顆藥錠的那種過量用藥吧。

她就此得到許多意見，於是我回她「ＳＵＺＵ，妳到這個討論串來，可真難得呢」，向她拋出話題，「ＳＵＺＵ」也回覆道「嗯，因為一些原因，我想試試看」。不光只是在這個留言板，對這種事深入細究，對彼此都沒好處，所以我只回了一句「哦，這樣啊，那請好好加油哦」，之後我一如平時，一面到其他討論串串門子，一面不經意地觀察她的情況。

結果從我一開始看到她留言，過了約三十分鐘左右，「ＳＵＺＵ」留言說她已經吞藥了。當時是平日晚上，感覺可能也沒其他人會這麼做了，所以我的注意力大多放在這個討論串上。

我先從四十顆開始。像這樣不知道要過多久才會發揮效用呢。說「發揮效用」，也不知道這樣的用語對不對。

我一邊與她閒聊。

6.「すず」漢字為鈴。

>>勸妳最好別亂動比較好哦。要是一個重心不穩，也許會跌倒。的確沒錯。雖然我現在人在家，但有其他人在，有點擔心。

>>哦，有同住的人在啊～現在情況怎樣？

我以為有蟲，一直望著牆壁，感覺身體好沉重，但寫留言並不覺得有什麼困難。我打算再觀察一會兒，如果沒什麼不一樣，我要再多吞幾顆。

留言一直持續寫著，但過沒三十分鐘，她提到自己身心狀況改變的文章變多了。例如「我以為有蟲，一直望著牆壁」，或是「身體好沉重」。藥效會因人而異，但當時「SUZU」在吞藥後過了約一個小時，便開始覺得腦袋愈來愈沉重，開始出現許多程度上的變化，所以我覺得有趣，追看之前的紀錄檔。我心想，她應該是第一次嘗試，感覺就像安慰劑效應一樣，就算只是一點點小事，也會當那是藥效發揮。

接著又過了三十分鐘，「ＳＵＺＵ」似乎藥效逐漸發揮作用。她留言的步調變慢許多，討論串裡的其他人也說，她差不多快要沒辦法留言了，也許會突然睡著。

之後我又吞了幾顆藥，感覺變得愈來愈慵懶，現在還能打鍵盤，但如果想走路，可能得強打精神才會有走路的意願。

>> 應該要進入忘我境界了。在妳無法動彈前，可能先鑽進被窩裡比較好哦？

是啊。身體搖搖晃ㄤ，很多事想不起來，所以我想起來走動，但覺得身體又重又累，牆上有好多小蒼蠅。

我一再回想，但想不出自己要寫什麼，就算揮動手指，卻一動也不冬。圖案從廁所滿了出來，無比喧鬧。

大家就這樣聊了起來，都說她已漸漸進入忘我境界，不過，「SUZU」打字出錯的情形增加，從這時候起，她便開始變得不太對勁。簡言之，就像負面體驗一樣，不，不，就連留言也亂七八糟，所以無法掌握其全部內容，不過，從她的留言中也看得出來，她的體驗狀況不太好。

我想走向枕頭所在的位自 有一隻好打的蟲子，我望向 壁 發現它在動

鍵盤 動不了

我想吐，但吾法去廁所，那裡又遠，又白

光看她的文章，就知道她顯然狀況不太好。雖然我沒有精神鑑定方面的知識，但是在那個討論串待久了，也看過許多因為過度用藥的結果，出現不良症狀的人或是因此精神錯亂的人。不過，這本來就是危險的行為，所以這種情況也是理所當然。

「ＳＵＺＵ」應該是看到了不好的幻覺。尤其是她當時吞的藥，是會出現鎮靜劑效果的那種，會感覺身體變得沉重，皮膚起雞皮疙瘩，讓人享受這種感受，所以隨著設定的環境而定，有時也會很快出現不良的藥效作用。她在這時候的留言，正好印證了這點，「我想走向枕頭所在的位置，發現有一隻好大的蟲子，我望向牆壁，發現它在動」、「我想吐，但我無法去廁所，我動不了」，這明顯是用藥過量失敗的人會經歷的感覺。

因此，討論串裡的其他人也明白，她的情況不太妙。大家開始你一言我一語地留言，對「ＳＵＺＵ」提供各種建議，也包括我在內。如果幻覺很嚴重，最好把燈關掉、妳這樣很危險，就算待在家裡會覺得害怕，也別出去哦，諸如此類。不過，第一次嗑藥的人得到負面體驗，並不是什麼稀罕的事，所以討論串裡的氣氛並沒多大改變。

不過，就在留言停頓了約十分鐘後。

「ＳＵＺＵ」突然默默上傳了一張圖片。當它還只是一張縮圖時，不容易看出它究竟是什麼，我納悶這是什麼圖，而點擊了那張圖片，結果看了之後，不知道該說是震驚，還是嚇了一大跳。

那是屍體的圖片。不光只有這張圖片，當時在留言板上交流的，都是容量只有數10ＫＢ的圖片，所以詳細內容不容易判別，但研判可能是屍體。圖片整體偏暗，周遭可以看到像公廁般的白色磁磚地面和牆壁，一位穿著不知道是不是制服的女性，整個人坐在地上，背倚牆壁。她的手臂和腰都癱在地上，但她低垂的頭卻貼向牆壁，顯得很不自然。牆上有一條像繩子的東西，從她頭部一帶繃緊，往上延伸。

照這樣來看，這大概是利用門把之類的東西上吊的女性屍體吧。她低著頭，睜開雙眼，望向眼前的虛空，她的眼瞳因為無法分泌淚水而乾燥變黑，與過去我所看過的屍體圖片完全不同。

一看到這張圖片的瞬間，我大受震驚。不光是我，討論串裡的眾人也都大感困惑。為什麼「ＳＵＺＵ」要突然上傳這種圖片，話說回來，圖片裡的那個人是誰？討論串裡的人既然都在地下文化綜合留言板裡常駐，大多是對所有地下文化類的話題都有耐受性的人，所以我想不會發生因為對獵奇的內容沒有耐受性，而大為慌亂的狀況。不過，她就像突然跑錯棚似的，在這裡上傳屍體圖片，也造成相當的混亂。如果是在一般的討論串裡匿名貼上獵奇圖片，算是老套的搞破壞手法，這倒還好，但「ＳＵＺＵ」是這個留言板的常客，不記得她以前曾經惹過什麼風波。

我決定姑且先等候「ＳＵＺＵ」留言，但之後過了幾十分鐘，還是不見有留言的動靜。這時，原本是晚上七點左右展開的實況討論，不知不覺間已過了晚上九點，所以我們眾人自行下了結論，認為這可能是回覆時誤爆了吧。

我也這麼認為，在場有幾個人也知道，「ＳＵＺＵ」原本並不是藥物相關討論串這邊的人，她其實是血腥相關討論串的常客。所以她可能是為了要在那裡分享資訊，或是將其他共享網站下載來的圖片檔存在自己的電腦中。而她想在這個留言板留言時，因為受藥物的影響，判斷力減弱，而一時搞錯，誤傳了圖片吧。這是大致的猜想。

那時候大家都決定讓「ＳＵＺＵ」的話題暫時先告一段落。之後討論串裡仍繼續閒聊，但我想，連同我在內，有幾個人都在那時候跑到別的討論串去，或是暫時離開了留言板。至於我呢，則是想轉到同樣是地下文化留言板裡的其他討論串，例如獵奇或血腥相關的討論串，因為我很在意那張圖片。

「ＳＵＺＵ」上傳的那張圖片中被拍攝的屍體，感覺像是日本人。至少可以確定是亞洲人沒錯。而像我這種積極與人交流屍體圖片相關資訊的人，必定很常看到內戰或命案事故頻傳的國外照片，所以對於日本人的屍體或殺害現場，反而更容易留下印象。就算不是像處刑影片一樣，赤裸裸地在人面前呈現獵奇的一面，但光是「影片裡講的話，我聽得懂」，這對我來說就已經算是很稀罕了。因此，雖然這沒什麼好驕傲的，但當時在網路上流傳的屍體圖片中，只要拍攝對象是日本人，我應該都知道才對。但我對那張圖片卻沒半點印象。不過，我沒看過的圖片應該多得是，這也不足為奇，所以我打算把這個話題帶到獵奇相關的討論串去。在離開剛才的討論串之前，我已大致將圖片存進我的電腦裡，而且就像我前面說的，這個留言板是以閒聊為主，所以也有針對內容不明的圖片或影片進行資訊交流的討論串。

於是我點擊「獵奇相關的討論串請到這裡」這樣的留言板連結，以最近的紀錄檔確認那張圖片是否曾出現在話題中。我心想，向人問問看好了，為了將剛才存檔的圖片上傳，打開下載的資料夾。

但找不到剛才存檔的圖片。

下載的圖片是以日期順序分類，所以只要打開資料夾，應該會顯示在最上面才對。

但看不到那張圖片。我一時還以為是存檔的資料夾設定跑了，將我使用的瀏覽器重新檢查了一遍，但瀏覽器存檔的圖片，確實是設定存在下載的資料夾裡沒錯。我感到納悶，對存檔用的資料夾裡的檔案迅速看過一遍，結果發現在下面一點的地方有個有點眼熟的縮圖。因為是檢視用的縮圖，所以看不清楚，但從構圖來看，還是看得出是個倚牆而坐的人。

我這才恍然大悟。也就是說，這圖片直接保留了拍攝日期的資訊，電腦以日期來替它排序，所以才沒顯示在最近的下載資料夾裡。如果是現在，將圖片上傳至像推特或ＩＧ這樣的大型網站，拍攝日期之類的資訊會被自動刪除，而當時尤其是地下文化類的圖片，為了防止洩漏身分，都會用電腦工具手動加以刪除，但那張圖片似乎完整保留了下來。而上面顯示的資訊指出，拍攝日就在三天前。

拍攝日就在三天前。

不，像拍攝日這種後設資料，事後要怎麼竄改都行，所以我知道不能完全盡信，但還是覺得納悶不解。如果真的是三天前拍攝的圖片，那麼，它沒在討論串裡蔚為話題，而我也不知道有它的存在，這樣就能明白了，但如果是這樣，為什麼「ＳＵＺＵ」會有這張圖片，並突然將它上傳到藥物討論串上，這不就更教人費解嗎？

不過，我覺得這時候不該在這裡深入細想這件事，所以我改變想法，準備要在獵奇討論串詢問這件事。雖然在縮圖的狀態下，從輪廓或構圖就隱約可以知道是那張圖片，但為了避免誤爆，我打算在上傳前再確認一次，就此從縮圖打開那張圖片。結果顯示圖片檔的視窗彈出，之前看到的圖片占滿整個畫面。

在看到那張圖片的瞬間，說來慚愧，我忍不住叫出「嚇」的一聲。

我與圖片裡的女性目光交會。

剛才在討論串看到的時候，完全沒發生這種事。剛才看的時候，坐在白色磁磚地面上的女性眼睛微張，低著頭，哪兒都沒看。相機拍攝這種狀態下的屍體，就像是俯視一具連支撐頭部的力量都不剩的肉體，所以她不可能會看著我。但現在她卻癱軟地抬起臉，與我目光交會。角度和色調明明都和原本的圖片一樣，但唯獨她的頭改為面向我。黃土色與灰色交混，顏色顯然已不是活人的頭顱。乾涸、漆黑、渾濁的眼瞳。

雖然毫無根據，但看到她時，我本能地覺得，她在注視著我。儘管我心裡明白，這是我自己在胡思亂想，但我總覺得她此刻注視的，不是拍這張照片的某人，而是現在在螢幕上看著圖片的我，這令我心生恐懼。我覺得要是再繼續看下去……不，是如果繼續讓她這樣注視著我，我會完蛋，於是我馬上關閉視窗。關閉視窗前，我感覺她嘴巴微動，但現在已不知道到底情況是怎樣。

接著回到剛才顯示的ＩＥ畫面。

我的腦袋已略微冷靜，我想展開合理的思考，看看這圖片是否原本就是這樣的特殊設計。對外表的副檔名或是檔案格式進行偽裝，讓它看起來像一張圖片，其實是播放影片，難道我被這種傳統的誘騙手法給騙了？可是，根據ＩＥ

的內容顯示，這圖片資料確實是靜態圖片，也就是說，這圖片並不會自己改變或是自行動了起來。

這是怎麼回事？

我關閉視窗，茫然地望著顯示器，心中暗呼不妙。

如果這一切真的就如我親眼所見，那一定有哪裡會出現矛盾。但截至目前為止，如果說我所看到的每一樣都是我看錯，那未免也太清楚鮮明了吧。像「SUZU」突然將自殺現場的屍體圖片上傳到匿名留言板上、照片拍攝日就在三天前、下載圖片裡的女性屍體面向我，這確實都發生在現實世界中，留下真實感。

接下來我採取的行動，是刪除那張圖片。因為我總覺得，在我的電腦裡留下這樣的資料，感覺很不舒服。按下刪除鍵後，當那張圖片完全從垃圾桶裡刪除時，我這才覺得心情平靜些許。我吁了口氣，從螢幕畫面移開視線，望向螢幕後方牆壁，發現那裡滿滿都是飛蟲。

我住的是單人出租套房，牆上貼的是白色壁紙，此時牆上有許多小點，全部都在蠕動。就像牆壁的圖案在扭動般，我一時搞不清楚那是什麼，當我明白那是一大群小飛蟲時，頓時感到噁心極了。我家明明從來不曾冒出這麼多蟲子啊。我想收拾牠們，但家裡沒有殺蟲劑，我也沒轍，那就改用面紙來擰死牠們吧，我就此從椅子上站起身，腦子裡想，我面紙放哪兒呢？放電腦的桌子後面是床鋪，所以我不經意地伸手搭向棉被掀了起來，結果掉出好幾隻蟑螂。我反射性地將棉被砸向床鋪，想要放聲尖叫，但從剛才起，我一直覺得噁心，喉嚨整個緊縮，連要吞口水都沒辦法，只能發出低吼聲般的呼氣。我環視房間，想知道牠們是從哪兒來的，結果視線停向冷氣機，就在我目光鎖定的那一瞬間，一隻又扁又圓的褐色蟲子掉了下來，就像是冷氣機吐出來似的。我一看到這一幕，頓時感到腦袋沉重，雙腳發顫，我心想，這下真的不妙，我得趕快離開這裡才行。但我要是望向屋裡的某處，就會有蟲子跑出來，所以我盡可能不看屋內，一邊深呼吸，一邊走向冰箱和流理臺所在的廚房，因為我現在赤腳，所以不時會傳來像是踩扁軟趴趴的大毛毛蟲般的觸感，但我極力保持冷靜，最後好不容易抵達流理臺。當時也從客廳傳來低沉的振翅聲。我喉嚨出奇地乾渴，但我明白，如果我打開冰箱，一定會有噁心的東西從裡頭跑出來，所以不得已，我只好轉開水龍頭，結果從水龍頭流出大量軟綿綿的白蛆，我看了之後再也無法忍耐，直接張口往流理臺狂嘔。那些蛆在我的嘔吐物當中扭動，我看了覺得噁心，又接著繼續吐，那些原本在棉被和牆上的蟲子，可能是被聲音和氣味所吸引，成群往我嘴邊湧來，我發狂似地將牠們揮除。但振翅聲還是傳進我耳裡，我心想，不能繼續待在屋裡，像在求救似地朝廁所走去。我家廁所是衛浴一體，浴室也在同一個地方，所以我心想，如果是那裡應該很安全。蟲子的屍體只要在廁所用水沖走即可，浴室又光滑又硬，應該不會有蟲子湧出。然而，那貼滿白磁磚的廁所地板，理應是一片雪白，但現在卻像多處有黑色圖案般，不停地蠕動，我才一打開門，那地板上的圖案便從廁所朝走廊滿出，所以我知道現在絕不能看走廊。在昏暗中，我的視線投向區隔浴室與廁所的那薄薄一片的防水浴簾。

我伸手搭向浴簾，用力拉開它。

那名女子就坐在浴缸裡。

她就像剛才看到的圖片一樣，癱軟地倚向浴缸，望著不知名的虛空。我一看到這一幕，原本那喧鬧不休的蟲子振翅聲全都戛然而止，我就這樣伸手搭著浴簾呆立原地，就這樣緊盯著她。安靜的時間持續數秒後，她很刻意地緩緩轉動頭部，以及隔著學生制服的衣領，可以清楚看見上頭瘀青的脖子，就這樣望著我。她那果然是死人的眼睛，以乾涸、渾濁的眼瞳望向我。

沒辦法重新來過了——她說。

緊接著下個瞬間，她消失了，我急忙回到房內，原本牆壁和地板的那大批蟲子，全都不翼而飛。不過，縐成一團被我扔在一旁的棉被，以及我在流理臺吐得稀里嘩啦的嘔吐物，仍留在原地，這才發現我看到了幻覺。

腦袋的沉重感和噁心作嘔的感覺，還沒完全消除，我先將流理臺沖洗乾淨後，戰戰兢兢地走向電腦，重新連向剛才的留言板。因為我不知道自己為什麼會看到那種東西，也不知道我看到的哪些是自己的幻覺。

我離開那個實況討論串已過了幾十分鐘，但看了之後才發現，「SUZU」約莫在十分鐘前曾經留言。留言主旨是對剛才誤傳圖片和暫時離線一事道歉，還提到用藥過量後，身體不適，無法留言，現在雖然還是不太舒服，但已慢慢恢復，請大家不必擔心。還提到她誤傳網路上找到的屍體圖片，貼錯了討論串，已經刪除。

我回頭看對話的紀錄檔，之前的回覆確實和我記憶中一樣，但只有「SUZU」上傳的那張圖片後來被刪除。以留言板的那套系統來看，如果是在留言板上留言的本人，事後能刪除留言，所以寫有留言的那個部分，最後只剩下「此留言已刪除」的一則訊息。

「SUZU」寫下留言後，那個討論串裡出現幾則「啊，太好了」、「第一次用藥過量都是這樣啦」的回覆後，又恢復成平時的閒聊和實況討論。不，就連之前的留言，也因為大家認為那只是一個第一次嘗試用藥過量，意識渙散的人，不小心誤傳了一張無關的圖片，所以討論串裡的氣氛並沒有多大改變。

不過，有點令人費解的是，自從留言貼上那張圖片後，提到自己覺得不舒服的人相當多。那天是平日，嗑藥的人應該不多，而事實上，這些回覆的內容，大多是明明沒嗑藥，卻微微感到身體不適。很多人都不希望隔天出現藥物反應造成影響，所以都會避免平日嗑藥，因此平時應該不會特別注意自己的身體狀況。但那個時候顯而易見的，有很多人感到不適，甚至在討論串裡成為熱烈討論的話題。那天頻頻留言的留言板常客，紛紛都說「我身體不舒服，會是最近嗑太兇了嗎」。

我看了之後這才發現，剛才我看到的畫面，與用藥過量時看到的幻覺幾乎一模一樣。素面的牆壁聚滿了大量的昆蟲，就像冒出圖案一樣，耳畔和屋裡傳來振翅聲，突然腦袋沉重，覺得想吐，我所看到的幻覺，與過去在討論串裡常看的負面體驗談相當吻合。但我可是從來沒嗑過藥，只是在一邊旁觀的人啊。

但在看了那個圖片後，突然奇怪的幻覺和幻聽一起出現，接著又一起停止。和圖片裡的人物一樣，出現某人的面容和聲音。

我思索著這件事情時，真的漸漸開始覺得人不舒服，於是我也在離開那個討論串後，關閉瀏覽器。那時候是晚上十點前，但我已沒興致逛其他網站，所以我決定提早就寢，就此關閉電腦電源。我將掉落地上縐成一團的棉被放回原位，關燈後馬上鑽進被窩，閉上眼睛，就在這時……

「嘔，好想吐。」

與浴室相連的那扇門自己開啟，傳來女人的聲音。

我反射性地坐起身，睜開眼睛，發現有人搖搖晃晃地走進一片漆黑的屋內，注視著床上的我。我心想，難道剛才的幻覺還沒完全退去？但沒有蟲子到處亂爬，我的雙腿也沒痠軟無力，而且那女人的聲音與剛才在浴室裡聽到的聲音不一樣。

雖然驚訝，但連我自己也覺得不可思議的是，我當時並沒有多害怕。會是因為之前發生了太多事，感覺就此麻痺嗎？還是說，她的口吻和行動，都顯得太過自然而又唐突，讓我一時間懷疑自己有個同居人？

嘎吱、嘎吱，傳來她踩著不穩的步伐，在屋內走動的聲響。她就此走到擺在桌上的電腦前，打開電源。它就擺在我床鋪的另一側靠牆的位置，所以以我的視線可以看見啟動的電腦螢幕、她在螢幕亮光照耀下的身影——穿著運動服，黑髮垂向腦後的背影。

啟動的電腦顯示的桌面，並不是我慣用的畫面。桌布和捷徑的圖示，個個也都顯得很陌生，但她卻以熟練的動作操作著滑鼠和鍵盤。至於我，倒是沒有全身僵硬、無法動彈的現象。但我總覺得，我現在不能出聲叫喚，或是輕舉妄動，所以我只有朝自己已經坐起一半的上半身悄悄使力，整個人坐起身，一臉茫然地望著她。現在回想，那真是一幕奇怪的光景，但當時我已完全被震懾。

她就這樣站著打電腦，操作著ＩＥ之類的瀏覽器。似乎在找尋什麼檔案，不斷滑動頁面，但過沒多久，她停止滑動，點擊滑鼠。經過一段漫長的等候時間後，彈出一個視窗，那張放大的屍體圖片，占滿整個視窗。

映在上頭的那名身穿學生制服的女子，一樣是癱軟地彎著脖子面向前方，也就是隔著螢幕，視線投向此時開啟那張圖片的她。她朝圖片注視了半晌後，像在嘆息般吁了口氣，接著開始動起那張圖片。我望著螢幕，想知道她在做什麼，這時我才發現，她開啟的視窗似乎不是看圖軟體，而是圖片編輯軟體的視窗。

那張圖片呈縱長形，像是用手機之類的東西拍攝，由上而下來呈現那具倚牆而坐的屍體，採取這樣的構圖，所以圖片的上方部分是那具屍體的臉——原本理應是低垂的臉。只見她在視窗上對圖片做了一番修改，將游標移往上方。

她將屍體的臉部切掉。也就是將圖片中呈現屍體臉部的那部分裁切，特地將它修成像是原本就沒拍出臉部的樣子。接著她可能覆蓋掉原本的圖片。她關閉圖片編輯用的視窗，改為操作原本開在桌面上的ＩＥ，然後點擊剛才存檔的圖片。不久後再度彈出的視窗上，顯示出那張只拍出屍體頭部以下部位，個子顯得更矮小的長方形圖片。

她這時大大伸了個懶腰，用力彎起脖子，做出轉頭望向我的動作。我嚇了一大跳，但她並不是完全轉向身後，也就是轉向我所在的床鋪位置，而是視線投向剛才她走來的廁所和浴室所在的那一帶。在漆黑的房間裡，她在螢幕亮光的照耀下，露出嘴角上揚的淺笑。

「抱歉抱歉，是我不好，不該把妳拍進相機裡。」

她這樣說道，緩緩改變面朝的方向，接著踩著沉重的步履，朝剛才走來的路返回。不過，她最後始終都沒往我這兒瞧，就這樣離開房間，過沒多久，傳來她將通往浴室的那扇門關上的聲響。從我所在的角度看不到，不過，她可能是走進浴室了。

在傳來那聲響的瞬間，螢幕轉暗，房內恢復原本的狀態，而我的恐懼也逐漸沸騰。我讓原本急忙坐起的上半身再度躺向床鋪，以縮成一團的棉被蒙住頭，閉上眼睛。之後我沒再聽到任何聲響，她也沒再出現，當我醒來後，外頭已經天亮。不論我啟動電腦，還是去查看廁所和浴室，當然都沒留下任何痕跡……不過，從那天起，我就不再去那個留言板了。

雖然這只是我個人毫無根據的妄想，但如果當初「SUZU」在那個留言板的獵奇討論串中，上傳那張臉部裁切掉的圖片……如果她說那是在網路上找到的圖片，直接貼上那張圖片的話，不知道為什麼，我產生這樣的想像，我也不知道該怎麼解釋，總之，就覺得渾身不對勁。其實我自己也知道，是我想多了。可是，它到現在還影響著我。從那之後已經過了好幾年，但不論我搬家，還是到醫院就醫，那具屍體、不斷湧出蟲子的屍體，偶爾還是會出現在我家中。

我現在覺得，當初「SUZU」一定也是受不了這樣的畫面。就像我剛才說的，她以前應該沒嘗試過用藥過量，但當時為什麼會突然做出那樣的事來呢？雖然我對此感到在意，卻不想細究這個問題。我心想，她大概是在吞藥後的負面體驗下，覆蓋了那個原始圖片，覺得這樣做就放心了。而且會在心裡想，我現在會看到這種景象，都是因為我大量嗑藥看到幻覺，既然用藥過量，會看到幻覺也不足為奇。就像我現在一樣。

我說，我當時看到的圖片，到底是什麼呢？

時至今日，我偶爾還是會想。關於我後來得到的各種體驗，連當中到底有多少程度是幻覺，我都搞不清楚，現在這已經都無所謂了，不過，那天我在留言板上看到下載的那張圖片，它應該確實存在過。

如果有誰發現的話，也請告訴我一聲。

我現在仍持續蒐集資訊。

第三話　收件匣（15）

這是某人（應資料提供者要求，予以匿名）提供的電子郵件資料。

第一封　主旨：ARAISARASHI

這封電子郵件的寄件者，目前正在尋求眾人提供幾年前以免費電子郵件服務為主，四處發送的多篇文章以及圖片的相關資訊。基於終端設備的考量，在此分割成多篇文章寄送，尚請見諒。

那是名為「ARAISARASHI（あらいさらし）」的一封郵件。它不像人稱詛咒信的那種垃圾信件一樣，裡頭帶有「如果不轉寄給別人的話，會遭遇不幸」的這種唆使人們散播的內容，也沒有連往病毒網站或One click詐騙網站的連結。換言之，它藉由電子郵件服務，向眾多不特定人士發送這篇文章的動機和目的，與其他連環信相比，顯得很不透明，以結果來看，它也不容易對外散播，所以知名度較低。而現在擁有「ARAISARASHI」相關資訊的人，遲遲都還沒發現。

我是在二〇一〇年前，第一次收到這封信。不同於手機的電子郵件，我常使用為了供網路上的活動使用所取得的免費電子郵件，像是在網路上辦理各種手續或是與朋友通信交流，基本上我都是用這種電子郵件來收發。某天，寫著前面提到的那個主旨，寄件者不明的一封電子郵件，突然寄到了我的電子信箱。

一些可疑業者的電子郵件寄到這個電子郵件地址，並不是什麼稀罕事，所以只要是寄件者不明的郵件，我都只是看一下本文內容，也不回信，直接忽視，這種對應方法，幾乎已成了我的習慣。因此，對於那封郵件，最後我也始終沒採取回信之類的行動。

那封郵件的內容，明顯與平時收到的那些垃圾信件不同。例如像引誘人們上某個網站，或是散播不實謠言，完全看不出這類的寄件者動機，簡單來說，根本就不明白其用意。

它的主旨為「ARAISARASHI」，內文從像是追悼某人的文章開始。

雖然沒提到詳細的姓名，但我猜應該是某位男性的名字。文中寫了數行弔唁的文字，例如像「真是意想不到」、「在此為他祈冥福」這樣的表現方式，從這點來看，這篇文章應該是要讓人知道與這封郵件的寄信者很親近的某人過世的消息。

對於那位男性的姓名，以及本文的內容，我都沒有印象，所以我心想，這可能是搞錯收件人，或者是假裝成追悼文的垃圾信吧。當時很流行一種連環信，它採用的格式是先從自己的朋友遭殺害來起頭，然後提到如果不轉寄這封信，就要把你當兇手看待，要查出你的住處，殺了你，以這樣的威脅字句作結尾。因此，我在滑動畫面時，心裡多少也有一分提防，但最後文章始終如一，也就是說，它通篇寫的都是追悼某人的文章，沒其他特別的。

沒有可疑的連結，也沒有威脅的字句，就只是一篇寄信者不明的追悼文。

我讀完那封郵件後，先大致將手機裡的電話聯絡人看過一遍，確認對那位死者的名字完全想不出半點關聯後，我思考了片刻，不明白這到底是怎麼回事。

我一開始想到的，是這確實是某人誤寄郵件的可能性。它可能不像垃圾信那樣帶有惡意，就只是搞錯寄件對象吧。不過，若真是這樣，就更不懂寄這封郵件的用意了。就算真是為了將某人過世的事昭告眾人，而廣發電子郵件，但刻意不通知對方寄件者是誰，這樣的設定根本沒有意義。由於那封郵件沒寫寄件者的名字，所以我方也沒辦法回信，最後就只有收件者這邊得知這項消息。就算這是某個業者別有所圖，而不分對象四處寄送的郵件，但為了確認我方的回應，應該會明確寫下寄件者的資訊才對。

多方思索的結果，我採取的方法是維持現狀，忽視這封郵件的存在。原本就沒有什麼是我能做的事，真要說我能做些什麼的話，大概就只有將這封寄件者不明的郵件設為垃圾信件，阻斷日後對方與我的任何接觸。但以目前來看，它只是一封沒什麼害處的郵件，所以我還不想採用這種手段。

就這樣，隔天又收到郵件。

第二封　主旨：ARAISARASHI

隔天同樣也收到郵件，但並非完全一樣的內容。既然寄件者不明，就無法保證跟昨天那封信一樣，都是同一個人所寫，不過主旨一樣是「ARAISARASHI」，而且同樣是追悼那名男性的內容，所以我視為同一個人所寫。寫了一篇和昨天一樣的追悼文後，內容轉往與昨天不同的方向。

簡單來說，文中的內容提到，在他逝去的此刻，必須向他弔唁，所以接下來需要進行某項儀式。儀式這個字眼，令人感到有點不安，我暗自想像，這該不會是某個宗教團體在募捐或是招攬信眾吧？但我馬上改變想法，如果真是這樣，應該會明確標示寄件者的團體名稱才對。這封郵件依舊就只是單方面對我進行「報告」，真要比喻的話，它的文章內容就像定期發文的部落格或電子雜誌般。而它的方針一直到最後都不曾改變。

他（或是她）所說的儀式，名稱就叫「ARAISARASHI」。郵件共通的主旨名稱，可能也是源自於此。根據文章中的說明，這是為了替死者祈求安寧，在世的人花一定的天數所進行的咒術。方法是將寫有死者名字的紙或布晾在路旁，每天朝它潑水。在上面寫的文字消失前，一再反覆進行，這樣死者就會得到回報。因此，為了讓死者得到回報，今後必須持續進行「ARAISARASHI」。就是這樣的說明。

從字面上來看，這個儀式如果改寫成漢字，應該是寫成「洗い晒し」吧。事實上，我後來到圖書館查了一下這個名稱，發現確實有上面提到的儀式。做法是在路旁或水邊釘一個木樁，貼上寫有死者名字的布條，由生前與死者親近的人懷著供養的心，朝布條潑水。聽說有些地方還會先在附近放一個木勺，讓路過的人也能潑水，作為送葬的禮儀，這儀式頗受歡迎。持續潑水，等到上面的名字消失，儀式就算完成，死者也得到了回報。根據我參考的資料上面的描述，與其說是死者得到回報，不如說，如果不這麼做，死者會不高興，但不管怎樣，關於儀式的動機和理由，與郵件內的說明幾乎沒什麼不同。

郵件的最後，以一句「從明天開始」做結尾。

第三封　主旨：ARAISARASHI

隔天同樣又寄來一封信。我網路用的電子郵件收件匣，基本上往往都是下班回家，晚上七點後才會確認有無信件。向來都是約莫半天前，也就是早上七點到八點左右會收到那封郵件。這一連串的文章，看了多少讓人覺得有點詭異，但我的好奇心勝過害怕，無法拒絕收信。

今天是第一次ARAISARASHI，文字當然還沒消失，不過今後我會持續下去。

大致是這樣的內容，一共寫了兩、三行，接著在郵件的最後還附上一個圖片檔。

以規格來說，附檔的圖片一般在原始設定下，都不會自動顯示，所以在自己房間坐在電腦前看著郵件畫面的我，點擊該圖片存檔，並透過IE開啟檔案。現在回想，那也有可能是偽裝的檔案，在裡頭加入了病毒，所以我隨便就下載了寄件者不明的郵件附加檔案，似乎有點草率。當時我應該已具備相關的電腦常識，免費郵件突然寄來的檔案，如果是平時，我向來都不會下載，但當時不知為何，我採取行動時幾乎沒任何猶豫。也不知道該怎麼解釋，但我無來由地相信，這對我應該無害。

那是一個縱長形的圖片檔，裡頭拍攝的是一塊像白布般的東西。以當時的情況來看，這可能是用人稱「加拉巴哥手機[7]」的拍照功能所拍的照片。由於它的拍攝手法，是將那塊布占滿整個畫面，所以難以判別圖片中詳細的周遭狀況，不過可以預料的是，它是貼在一面骯髒的牆壁上。

如前面所述，如果是採用在野外釘上木樁，把布條固定在上面的方法，就算背後會看到樹木或道路等等會顯示周遭環境的物體，也不足為奇。但從這張圖片上能看到的周遭資訊卻是少之又少，只能看出像是牆壁的人工建築物，再來就是黃土和沙子。

不過在現今這個時代，如果有人在路旁貼出一塊寫著別人名字的布條，肯定會引發問題，此事不難預料。因此我認為，這應該是利用屋內或是不會被人看見的某處外牆。偏遠鄉村的小巷弄裡，偶爾也會有這種不知是誰貼的可疑貼紙，或是自己製作的電影海報，大概也是因為這個緣故才這麼做。

上面以黑色的油性筆之類的，寫上昨天那封郵件中介紹的死者名字。畫面中沒有可以比較大小的物體，但是從字的粗細，以及拍攝物體與相機的距離感來判斷，應該是比學生用的筆記本還小一些。從布面的質感來看，似乎沒潑濕，而從之後寄來的照片判斷，那是進行「ARAISARASHI」前拍的照片。

直到現在還是不明白其原因，不過，這名字採用了不可思議的寫法。

這塊布的拍攝方式，幾乎整個縱長形照片的畫面都被它占滿了，也就是說，從這點可以明白，那塊布本身也是長方形。如前所述，那塊布和筆記本差

7. 早期儘管國外已流行智慧型手機，但日本仍慣用自己獨特的掀蓋式多功能手機，形成島國特有的獨立現象，因而稱之為加拉巴哥手機。

不多大小，名字是全名採漢字標示，不知為何，採斜向書寫。並非文字本身是斜的，而是書寫的方向呈斜向。給人的印象，就像是文字配置在對角線上一樣，而且字形也不太好看。

就我調查得知，現今流傳的「洗い晒し」儀式中，找不到這種寫名字的規則，至少我認為沒有合理的理由要採用這種寫法。如果想寫的話，可以確實地按照在直書的紙上寫字的方式，從上而下排列文字。以前的人確實是這麼做。所以這顯然是刻意的，就算手寫字會因此顯得有點亂，也還是想這麼做，就此展開這樣的寫法，不過，寄件者對此未做任何說明。

隔天同樣又寄來照片。拍攝角度一概沒變。和昨天寄來的圖片一樣的格式，寫著某人名字的白布條圖片，就這樣顯示在我電腦上。

不過，畫面中的布條已經濡濕。

第四封　主旨：ARAISARASHI

那個人開始進行「ARAISARASHI」後，這應該已是第二天了吧。

在郵件的內文中提到這已是第二次朝這塊布潑水，所以信中附加的圖片檔，說起來算是做完第二次「洗」之後所拍的照片。

整個都變灰色的那塊濕布給人的印象，並非是很用力地洗到幾乎可以把上面寫的名字消除，而是像大致用水潑濕後，也沒擰乾，就隨手擺放。上面的名字可以看出只有文字的輪廓略微暈開，但是要到名字完全消失的狀態，還有得等。

那天我才第一次發現，那塊布真的就像我形容的「隨手擺放」一樣，在地上攤開擺著。因為布條已經潑濕，水也朝它四周隱約可以看出的人工建築物擴散開來，不過這該怎麼說好呢，那是擺在地上時的擴散方式。像那些沒徹底脫水的洗淨衣物，例如像手帕，只要想像將它們直接丟向地面時的情況，應該就很容易理解吧。如果是將它披在某個牆壁上晾，從濕答答的布條滲出的水，應該會往下方滴落吧。但照片中的那塊布，就我所見，並未呈現那樣的滴落方式，水很均勻地在平面地板上擴散開來。地面像白色或灰色的磁磚一樣，也就是防水的結構，從布面滲出的水混進磁磚的塵土中，轉為淡黑色。

郵件的內容除了之前那宛如在為現在進行的儀式進行實況介紹般的文章外，現在還對這位弔唁的死者加上幾行生前人品的介紹。就像弔唁文所朗讀的內容一樣，寫的是這個人生前是怎樣的個性，喜歡怎樣的事物等等，是一篇像在緬懷過往的文章。文中提到，他的個性能毫無隔閡地與人交往，看別人有困難，絕不會坐視不管。

一封來路不明的郵件，說出一位完全不認識的死者生前的事蹟，這種情況打從一開始看，就讓人覺得納悶，但當時的我卻像在看連載小說般，一路往下看。

接下來的日子，對方仍以同樣格式寄郵件來。名為ARAISARASHI的主旨、幾行文字、一個圖片檔。我也因為每天看信，而沒能發現當中的變化，不過，根據收信的過程，我試著以最近收到的圖片與第一天附加的圖片檔比對後，發現布面上的名字感覺變淡了。不過，看我用「感覺變淡」來形容，就知道變化相當小。頂多就只是覺得原本的黑色似乎變成了深灰色，就只有這麼點程度的變化，照這樣的步調，這儀式有完成的一天嗎？話說回來，在儀式完成前，對方會一直持續寄郵件來嗎？就算目前這是無害的郵件，但如果收件匣裡全被對方寄來的信塞滿，那可就另當別論了。不過另一方面，不可否認，我心裡也很好奇這種郵件會以何種形式結束。

到頭來，我在那個時間點選擇的做法，一樣是維持現狀。就像第一次看到這封信的時候一樣。換句話說，我的想法是等到發生傷腦筋的事態時，再來思考。現在我也對當時的做法感到後悔。

它進一步出現變化，是「ARAISARASHI」儀式開始後過了五、六天的時候。

第五封　主旨：ARAISARASHI

自從開始寄來郵件後，大約過了一個禮拜。變化開始顯現在附加的照片上。和之前一樣，圖片中出現的，是占滿整個縱長畫面的白布，以及周遭隱約可以看見的地面。地面略顯髒污，因為吸了水的布條擺在上面，上頭多處浮現沙塵的髒污。

髒污很顯眼，顯得很不自然。

話說回來，附著在地面或牆壁上的沙塵髒污，就算是很少有人出入的場所，也髒不到哪裡去。舉例來說，像廢墟的地面或許就很髒，當我們要赤腳走進時，會猶豫再三，但那主要是因為長期放任建材腐朽所造成。而這次的拍攝環境，是位在某個人一再前往，並以手機之類的器材拍攝的環境下，很難想像情況會那麼糟，而就算真是處在那樣的狀況下，我也不認為光是一、兩天的時間，地面或牆壁的狀態會一口氣產生多大的變化。

不過，與其說地板，不如說包含地板和布條在內的整個圖片，對每天千篇一律地看著附加檔案的我來說，一眼便發現的變化，就是它明顯的髒污。從鬆垮的濕布滲出的水，就像沾墨的毛筆清洗後的水一樣渾濁，布條本身也多處浮現污漬，無法解釋成是寫名字的墨水暈開所造成。事實上，上面所寫的名字本身幾乎完全沒消失。話說回來，如果是一大早拍照寄來，則照片的亮度會比較低，但這張照片給人的印象卻是整體偏暗，略嫌暗淡。

那麼，郵件的內文又是如何呢，當時關於那不自然的髒污，在文章裡沒有任何描述。一樣是提到今天是第幾天，他生前是怎樣的人物，文章的主結構沒多大改變。

但我隱約覺得對方的行文逐漸改變。有多處用字帶有挖苦，或是話中帶刺，這種表現手法愈來愈多。這是我全部看完後所寫的文章，所以也很可能會以附加資料的方式來補足我的記憶和印象。至於現在我還記得的內容，例如像「他應該有很多朋友吧」，或是「有很多人都喜歡他，真是可喜可賀」，這種表現的文句不時夾雜在文章中，在閱讀的過程，看了教人在意。

之後又過了一些時日，大概是他第七次寄濡濕的布條照片來的時候。

那郵件顯然已慢慢變得古怪。

第六封　主旨：ARAISARASHI

首先是照片裡的那塊布。可能是最近這兩、三天附著的髒污，在擱置不管的這段時間就此變乾凝固。原本泛黑暈開的污漬，變成了焦褐色，更顯骯髒。而滲向地面的部分也一樣，某一部分沾附了褐色的污漬，某一部分則摻混了像墨汁般的黑水，呈現出大理石般的紋路。從右上往左下排列的名字，看起來似乎更加往外暈開了，但還是可以清楚看出文字。

接著是郵件的內文。原本寫了數行像弔辭般緬懷死者的文章，但來到這個階段後，文章的呈現方式明顯轉為對死者存有敵意。在文章的表現和修辭上，依舊秉持客氣的用語，沒有古怪之處，但現在明明還在進行追悼儀式，卻不斷把對死者的敵意寫進文章中。奇怪的是，明明處在這樣的狀態下，但為死者追悼的形式本身卻始終維持不變。

「他歷經百般痛苦，就此撒手人寰，想必他魂牽夢縈的那些人也很傷心難過，實在慶幸。」

具體來說，就像這樣用字講究，而非單純只是謾罵。所以這樣反而更加讓人感受到強烈的惡意。我也認為自己這樣的說法有點奇怪，這郵件的寄件者似乎當自己在遊戲，而進行這場很像弔唁的儀式。

「如今細想，要是早點斷絕關係，他可能就不會走到這一步。真教人遺憾。而另一方面，或許有人會說，他不說明理由，就只會罵人，看我方反應不順眼，就馬上打斷，不讓人發表意見，所以這也是沒辦法的事，不過，造成今日這樣的結果，我心中還是不勝懊悔，愁腸寸斷。」

坦白說，我光是閱讀文章就覺得心情沉重。雖然不是我挨罵，但從文中可以窺見某人所抱持的惡意，這種感覺實在教人開心不起來。透過郵件，持續聆聽第三人的怨恨和痛苦，是一種精神上的折磨。或許和不悅感又不太一樣，是一種覺得「你可真能寫」，既佩服又傻眼的感情。

隔天寄來的郵件附加檔案，又有了進一步的改變。

拍攝那塊布的相機，將鏡頭拉遠。

第七封　主旨：ARAISARASHI

隔天一樣寄來那封以弔辭般的文體不斷咒罵某人的郵件，而它的附加檔一如平時，仍舊是黑褐色的濕布畫面，但與之前占滿整個手機縱長螢幕畫面的照片相比，相機的位置略微變遠了。

與其說是照片的角度改變，不如說是角度和拍攝對象一樣沒變，只有拍攝的視點往後移。這樣比之前更能了解拍攝對象所在的環境，所以我也是在這個時候有了重新的認識，明白那塊布果然就放在地上。

地下鋪滿了白色……不，原本應該是白色的灰色磁磚，拍攝地點似乎是公共廁所之類的地方。因為鏡頭拉遠，而就此看清楚周遭狀況後，我發現每天放那塊布的地方似乎是固定的，相較之下，它的周圍還算比較乾淨一些。

就像它給我的感覺一樣，之前畫面以外沒拍到的地面，髒得連磁磚溝縫都難以分辨。髒污的情況愈往畫面上方愈嚴重，又黑又黏的東西緊黏在磁磚上，猶如覆蓋在上面一樣。

接著我望向照片最上方，一隻看起來像人的腳，呈青綠色的東西，露出約數公分長，被拍進照片裡。光看那赤腳的前端，就可以確定那不是活人的腳。當我打這篇文章，偶爾遇到不知該怎麼形容的情況時，我會上網搜尋，但當我不知該怎麼形容那個顏色，而展開搜尋時，我發現「青綠」的圖片搜尋結果與它出奇地相近。聽說這指的是附著在古色古香的佛像或古錢上青中帶綠的銅鏽，想到這點，便覺得它彷彿也跟著帶有一股莊嚴之氣。

寄件者為何突然拉遠鏡頭拍照，我在看過郵件裡的文章後，便隱約明白了。因為一開頭就語帶暗示地提到，原本一直進行ARAISARASHI的這個地方，漸漸開始不方便使用了，換句話說，這是為了讓人更容易了解其狀況，才重新拍攝那塊布的四周。黑色與褐色斑駁的髒污，明顯是來自那隻腳所在的方向。

接著，那天的郵件裡附上一張將鏡頭拉得更遠拍攝的照片。

第八封　主旨：ARAISARASHI

果不其然，那真的是一具屍體。

每次看到的那塊布，就擺在屍體腳邊，腳和布的位置關係，與昨天的照片幾乎沒什麼不同，從這點來判斷，那個地方可能就是對方平時放布的空間。現在幾乎已變成土黃色的那塊布，上面的手寫文字，在鏡頭拉遠的狀態下，還是可以清楚辨識。而那個地方就像我之前所猜想的，似乎是公共廁所，可以看到四周有個多處裂痕的洗手臺，以及像是入口門扉的東西。

當時我沒料到的是，那可能是一具女性屍體。

布條上所寫的四個漢字是全名，基本上，那應該是男性才會取的名字。不像是男女都適用的名字，例如像「太郎」這樣的名字，任誰看了也會猜這是男性。

但躺在白色磁磚上，癱軟地伸出雙腳的那具屍體，從服裝來研判，是位女性。就算想要以長相和髮型來判斷，但照片原本就只拍到頭部以下，所以基本上只能從服裝來推測。

不過，就算連臉部也拍進照片中，能否就此確認性別，也令人存疑。因為手臂和大腿等露出肌膚的部分，冒出褐色的水泡，皮膚上多處像蟹足腫般隆起垂落，手腳的末端也染成了青綠色，呈現慘不忍睹的狀態。

這名女性穿著水手服，是白色的長袖服上面再加上藏青色衣領和藍色領巾的類型，下半身穿著長度在膝蓋以上的藏青色短裙，但感覺這並非真的是哪個學校的制服。比較像是廉價商店或網購當戲服販售的水手服。也不知道是因為衣服的質地太薄，還是她被擱置太久，那顏色就像過了該吃的時間沒吃的香蕉皮，緊黏在皮膚上，從白衣內側往外滲出。說那是藏青色的衣領，有一半也是出自我個人的經驗判斷，事實上，她身上滲出的體液大量附著在衣領和脖子周邊，甚至感覺全都是同一個顏色。

我一開始看到那張圖片時，首先感受到的不是對這位寄件者的恐懼感，或是因為看到淒慘的圖片所帶來的精神震撼，而是一股厭惡感。一來當然也是因為照片裡拍攝的畫面很骯髒，但主要還是因為這位寄件者實際做到這個程度，令我產生一股生理上的噁心感。時至今日我還是不明白那裡究竟發生了什麼事，但我清楚知道，這件事從頭到尾都只是出自一份粗糙又露骨的惡意。

那女子身上水手服的腹部一帶，有一道很大的割傷。我這麼寫，或許會讓人覺得她是被利刃刺傷，不過那傷痕就只在衣服上形成一道直線的痕跡，可以看出衣服底下染黑的內衣。

這傷痕可能是剪刀之類的東西所造成，在白色的水手服上開了一個長方形的大洞，從洞的大小來看，研判是剪下一塊和筆記本差不多大小的白布。

不光只是這樣，基本上，我都是先看過郵件的內文後才看附加檔案，所以那天也一樣，在看前面提到的圖片之前，我先看了內文。

「照片的張數也變多了。我想，他在九泉之下也會很開心。明明就只擁有這麼點情感和智能，只會為這種事開心，又怎麼會說別人噁心呢，對此，我到現在仍覺得很不可思議，不過，現在我覺得那是一段美好的回憶。然而，如果因為他而產生不好的回憶，這個女人想必也不會因為心裡不舒服而感到不悅吧。真教人同情。對於一個如果不是要做給別人看，連自殘都做不好的人，要求要具備這等智慧，也很奇怪吧？所以我現在深切反省。不過，最後能讓這麼多人一同目睹，我也覺得自己派上了一點用場。因為這裡是連自來水也沒有的地方，所以相當辛苦，不過，我認為這份辛苦有回報。」

文中省略了不少咒罵，不過內文大致寫了這樣的內容。關於文章中多處暗藏的負面情感，不用多說，看也知道，不過，當時對於「連自來水也沒有」的這段描述，我總覺得有哪裡不太對勁。這地點看起來好歹也算是一處人工建築，但如果沒有自來水的話，這十天左右的「ARAISARASHI」又是如何進行的呢？不過，之後看了附加檔案後，確認那地點是公共廁所裡的某個角落，以及寄件者對那具女性屍體宣洩的情感後，原本覺得不對勁的感覺也就此解開。雖然沒有流動的乾淨用水，但現場原本就積了不少水。難怪會變得愈來愈髒，我從眼前那怪異的狀況移開目光，暗自思索。

當然了，將附上腐爛屍體圖片的郵件留在收件匣裡，教人忐忑不安。我認為，就算對寄件者正在進行的行為沒有厭惡感，也應該將郵件刪除。要是接著又寄來類似的郵件，我打算改變收信設定。

然而，最後我並未改變設定。

因為自從隔天郵件寄達後，「ARAISARASHI」就再也沒出現在我的收件匣內。

第九封　主旨：ARAISARASHI

一如平時，晚上下班後，我查看郵件，發現當天早上又寄來了新的「ARAISARASHI」。當時我使用的郵件服務，在確認主旨的階段，就能看出郵件是否有附加檔案，不過這天沒顯示有附加檔案，所以我略感意外。除了一開始寄送的第二封郵件外，之後寄來的每一封郵件都會附上一張圖片。而且最近的附加檔案是那副模樣，所以我心想，搞不好今天同樣也會寄來什麼淒慘的圖片，心中暗自做好防備。

但這天的郵件只有文章，內容很簡單。

打開郵件內文，上面只寫了「一輩子也消失不了（笑）」這行文字，這十幾天來一直收到的寄件者不明的郵件，到這封就此中斷。之後也沒再寄來同樣主旨的郵件，那名寄件者與我的連繫，就這樣斷了。由於那原本就是隱藏寄件者身分的郵件，所以之前也沒有雙向溝通的連結。

當然了，有鑑於之前的內容，這連續寄來好幾天的郵件就此結束，對我來說應該是一件好事。這原本就是來路不明的垃圾信件，雖然我毫不猶豫地開啟那麼多附加檔案，但我就只是看到觸目驚心的畫面，我自己還有電腦硬體都沒受到實質的傷害，就當時的網路體驗來說，算是相當幸運了。

但另一方面，我又覺得以這種方式落幕，明顯有種消化不良的感覺。為什麼這位寄件者要刻意寄來這麼多封郵件，在這之前，他為什麼要持續在郵件中附上照片，來實況介紹追悼儀式呢？而更重要的是，為什麼最後只留下一行字，就不再發信呢？

實際存在的「洗い晒し」儀式，是為了追悼死者，一直進行到布上所寫的名字消失為止。此人按照主旨的內容，一連串的郵件都是仿照這個做法，但在名字還清晰可見的狀態下就此中斷，這樣違背儀式的目的，而且他刻意將儀式進行中的布條狀態拍成圖片留存，也教人猜不透他這麼做的用意。「洗い晒し」儀式本身是我後來自己調查得來的資訊，所以我也不敢斷言「這麼做是錯的」，但該怎麼說呢，這一切做到一半卻突然一百八十度大轉彎。

之後我稍微調查了一下這些郵件的出處，以及是否有人有同樣的經驗。出處至今仍無法查明，但後者倒是一下子就找到了。

第十封　主旨：ARAISARASHI

我那個電子郵件地址原本就不是和真實世界裡的家人朋友溝通用的，而是為了在網路上活動，才在十年前申請取得。當時我在網路上公開二次創作和漫畫，與同好們交流，當我另外以這個名義取得創作平臺的帳號時，就是用這個電子郵件地址。在我經營的網頁和個人網站上公開這個電子郵件地址，所以能寄信到那裡的第三者，基本上應該是知道我網路活動的人。以在網路上公開電子郵件地址的人們和他們張貼在個人網頁上的同盟banner為線索，循線寄出詐騙信的手法，在當時同樣不勝枚舉，我心想，既然我都這樣受害了，朋友當中應該也有人同樣收到那個人的郵件。

因此，我以電子郵件和留言板的方式，與當時關係不錯的同人社團裡的成員以及網路上的朋友聯絡，問他們最近有沒有收到奇怪的垃圾信。因為內容特別，所以我沒提到當中的文字或是附加檔案的詳細情況，只提到寄件者的電子郵件地址不明，一天寄來一封，每次都同樣的主旨。

大部分人可能都對此沒印象，或是對於寄件者不明的郵件，都會設為垃圾郵件，不過，我還是找到了幾名收過那封郵件的人。但他們全都沒有一路看到最後，有的人是在實際看了第二封信，看出它暗示之後每天都會寄送時，有的是在第三封出現附加檔案時，便都設為垃圾郵件。因此，一路看到最後的，就只有我，但記得當得知有其他相同體驗者後，我心情頓時輕鬆許多。

他們不知道那封郵件後來的發展，所以我提到這個話題時，他們也都順著我的話問道「妳看到第幾封」，當時我回答「第三封，因為覺得恐怖，就沒再看了」。就算我說真話，他們大概也不會相信吧，而且那樣的內容，也不適合積極地跟好朋友們說。當時聊過之後我才得知，他們也猜不出那位寄件者是誰，而對方是怎樣的緣由寄來那封信，也一無所知。

此外，確認過我們各自的收信日後，得知我們全都是在同一個時間收到相同的內容。換言之，這名寄件者可能是以密件副本的形式，將這些郵件一同寄給網路上公開的多個電子郵件地址。對於他們和我的共同朋友，我想不出誰有這個可能，至於共通點，頂多也只能想到「創作類型相近」，所以現在我認為，當初那個人應該是覺得寄給誰都好吧。

我向朋友詢問那封郵件的事之後，過了幾天，情況開始有些改變。

在那個契機下，我和收到那封郵件的一名朋友通話。

第十一封　主旨：ARAISARASHI

我當時會和一些感情特別好的朋友，用現今俗稱的線上會議軟體進行對話。至少當時在我四周，人們對網路通話的認知，是用來和沒見過面的朋友閒聊的工具，一來也是因為我當時才剛出社會不久，不會像現在這樣，為了和保有正式關係的人們進行線上會議而常用這些工具。因此，相當於網路通話電話號碼的用戶帳號，基本上都只會對志趣相投的朋友公開，談話內容也大多是「想和你展開工作通話」或是「想針對之前播放的深夜卡通，和你聊聊感想」這種程度。

那天晚上，正好是我用電腦上網的時候，畫面角落突然彈出有網路通話來電的顯示通知。一看上面顯示的用戶名稱，便知道是前些日子聊到那封郵件的一位朋友，同時也是收過三封「ARAISARASHI」郵件的人。換句話說，他在第三封信，也就是郵件中第一次附加圖片檔，放上布條潑濕弄髒之前的照片時，便已設為垃圾郵件。

話雖如此，當我按下通話鈕時，滿心以為他會和平時一樣，說他閒得發慌，來聊天吧。因此，當他一開口就提到「我說，關於那封郵件」時，記得我等了好一會兒才回答。「咦，怎麼突然這樣問」、「抱歉，你指的是哪件事」我支支吾吾地這樣回答道。

「就那封郵件啊，妳之前問過，以同一個主旨接連寄了好幾封的電子郵件。」

「咦……等一下……嗯，你說那個啊。」

「沒錯，就是那個。」

「它怎麼了嗎？」

「關於那封郵件，妳還在調查嗎？」

他的口吻透著擔心和顧忌，就像在跟一位大病初癒的同學問候般，向我這樣詢問。我沒料到他會主動再度談到那封郵件的話題，略感訝異地回答。

「嗯，現在還在調查。不，雖說是調查，但也只是找找看哪個留言板上有人談到這個話題。」

當時我正想鎖定專門談論超自然話題的匿名留言板，從那裡蒐集資訊。

不光那封郵件，知名的垃圾信件往往都以離奇體驗的文字風格來陳述，此外，像那些內容支離破碎的文章，或是不合邏輯的言行等等，也就是所謂「電波系[8]」的文字，在這類的討論串上也累積了不少，所以或許有人會在上面討論那件事。將那些文章歸納為「電波系」，感覺不太適合，但我一時也想不出其他合適的分類。

不過，我不打算告訴他那麼多，所以就像我前面說的，只回答他我現在偶爾會在留言板上找尋。結果他欲言又止了一會兒後，以完全不同於平時閒聊的口吻說道：

「那件事應該不單純。」

第十二封　主旨：ARAISARASHI

「咦，為什麼？應該說，你也調查了嗎？」

我對這意想不到的談話感到吃驚，如此回應，接著他說出以下的內容。

之前他和我聊到「ARAISARASHI」那封郵件的事後，因為之前他也是中途才沒收信，所以他也很在意那封郵件的事。因此，雖然郵件已經被他刪除，但他憑著勉強殘留的記憶，多方展開搜尋，結果某個匿名留言板上的討論串吸引了他的注意。

「那裡叫超自然板，妳應該知道吧。是個專門用來聊超自然或靈異等這一類話題的地方。」

「嗯。原來你也在那裡調查過啊。」

「咦，難道說，妳已經發現了？」

「不，我沒發現什麼，不過……可能我們兩個人看的討論串或是留言板不一樣吧。上面寫了些什麼？」

「那個留言板上有個『不幸』系列的討論串，我就是在那裡找到的。」

8. 泛指具有妄想症，或是難以與人溝通的人。

我們可能是以同樣的網路匿名留言板為主，想從上面找出「ARAISARASHI」相關的資訊，但彼此找尋的地方可能剛好不一樣吧。我逛的是累積了許多與垃圾信有關的恐怖體驗、電波系分享文章的討論串，在那裡找尋有可能符合的回覆，但他則是根據我記得的一些字眼，在留言板內搜尋。結果那封郵件裡所寫的名字，在超自然專門板的「不幸」類討論串裡討論得很熱烈。

我造訪超自然相關的匿名留言板後，發現有個標題的討論串不管什麼時候幾乎都會有一定的討論人數成長，它就是「被寫進這裡的人會遭遇不幸」。它有不同的表現方式，例如「一定會墮入地獄」、「會發瘋走向毀滅」等等，不過，這裡的留言全是希望某人遭遇不幸的祈求或是怨言，這是其共通點，簡單來說，就是一處對某人進行中傷，以宣洩不滿的地方。當然了，大部分的回覆都為了避免引來訴訟而要求公開個人資料，都會隱藏對方名字當中的一部分，寫下「〇〇去死」這樣的留言，不過，直接寫出真名和地址，或是藉由多次的回覆，寫下對特定人士的憎恨的這種情形，也占有一定的數量。

聽說在這種討論串裡，明確地寫著那封郵件裡看到的名字。

「哎呀，我覺得那件事很不單純呢。對方連寫了好幾篇留言，也沒隱藏名字呢。從很久以前就開始留言，一再寫著希望他遭遇不幸，希望他痛苦。」

「哇……真的假的？」

「當然是真的，妳自己試著去搜尋看看，應該很快就會找到。」

雖然我回了他一句「真的假的？」，但是聽他的語氣，我深深感受到他所言不假。

最後，我們雖然展開了兩、三句的通話，但談到這個話題後，便一直聊不起來，就此提早結束談話。結束通話後，我馬上打開之前調查的留言板頁面，以那張圖片裡的男性名字進行搜尋，確實有好幾則熱門留言。

「我由衷祈求他早點死」、「請讓他從這世上消失」，除了這類的文句外，還有像那封郵件一樣採用客氣文體的留言，接連持續了好幾天。是針對名字被寫在那塊布條上的人物所做的留言。就發文日期來看，這留言是在進行「ARAISARASHI」期間所寫，發文時間從早上到深夜都有，時間不一。

因為這麼晚了才聊那個話題，我就此懷著鬱結的心情看這些留言。而在我滑動那滿是咒罵言詞的留言板時，突然發現一件事。

在「ARAISARASHI」的郵件持續寄來的過程中，對方在匿名留言板上的留言，大量使用了希望那名男性快死的表現用語。雖然每一則留言的表現方式都不太一樣，例如會改用像「希望他從這世上消失」之類的，但大致都是一樣的含意。

然而，我在同一個時期收到的郵件，如果以寄件者的表現來看，可說是在「追悼」那名男性。藉由對死者進行送葬儀式，來追悼他的死。

我感覺自己腦中似乎開始展開某種不舒服的想像。

如果根據這個留言板上的陳述來思考的話……

那封郵件是把某個還在世的人當作他已經死了，而為他寫追悼文嗎？

以結果來說，我因為這樣而對這一連串的事情感到忌諱，將收件匣裡的那些郵件全部刪除。現在我對此相當後悔。已不想再進一步調查，就這樣過了幾天。

某天深夜，他又再度寄信來。

他的樣子與之前截然不同。

第十三封　主旨：ARAISARASHI

通常我和他都是一週進行一到兩次的網路通話，就算沒直接對話，也還是能在其他地方掌握彼此的活動狀況。就像憑藉時間軸的內容便能掌握對方當天做了些什麼事一樣，透過網站或是線上遊戲的朋友一覽表，只要連上網路，便能以某種形式看到朋友。然而，他卻是從那天和我通話之後，在幾乎每天都會更新的網站上，以及共同朋友的部落格留言欄裡，都不見他露面，我只覺得他可能是人不舒服。

看到通知上顯示這位朋友的名字時，我略感安心地按下通話鈕。然而，我的頭戴式耳機卻沒傳出任何聲音。這樣的安靜無聲，令我一時以為是自己設成了靜音，正當我覺得訝異，而微微調高音量時，耳機裡微微傳來呼吸聲和環境音，我馬上改變想法，猜想可能是聲音的設備出了狀況。「喂，聽得到嗎？最近都沒看到你，很擔心你呢。」我這樣說道。也不知道他有沒有在聽，他突然以平淡的口吻說道：

「我說，妳還在調查郵件的事嗎？」

他的語調跟之前和我通話時完全不同，聲音聽起來顯得煩躁。他突然問這麼一句，而且模樣明顯和平時的他不一樣，令我為之一愣，於是他又重複說了一遍。

「妳還在調查郵件的事嗎？」

「咦，等等，為什麼突然這樣問。」

「我問妳是否還在調查，妳是沒在聽人說話嗎。」

我從沒聽過他這樣的說話口吻，因為太過突然，我又沉默了幾秒。接著，我們兩人一直都沉默不語，但微微聽得到他有話想說，或是吸氣的聲音，所以我急忙硬擠出話來。

「呃，後來我就沒調查了。」

「我叫妳試著搜尋看看，但妳完全沒做是嗎？」

「不，我照你說的，用郵件提到的名字搜尋過了，也找到了那個討論串，但因為覺得很不舒服……」

「啥？妳在說些什麼啊。」

「你這話是什麼意思？」

「我不是叫妳試著搜尋看看嗎？但妳最後根本沒看吧？」

「我說我看了，就是看了之後覺得不舒服。」

這種沒有休止的爭論持續了一段時間後，隔著耳機聽得出他嘆了口氣。

「既然妳說妳真的已經搜尋過了，那我問妳。」

他就像在嘲笑我似的，以帶笑的聲音說道。

「那個女人脖子以上是怎樣的情況？」

他如此詢問，我無法回答，漫長的沉默再度來訪。

因為我不懂他這句話的含意。話說回來，他對郵件只知道前三封的內容，而且我也沒告訴他最後是怎樣的結局，所以不應該從他口中說出這樣的話來才對。在第三封信時，完全沒有會讓人聯想到女性登場人物的表現方式，所以他頂多只知道寫在那塊布條上的男性名字。要是他知道在第三封信之後才出現的那名女性的話……

「脖子以上是怎樣的情況」這句提問，到底有何意圖？

也不知道是不是猜我答不出話來，他突然發出充滿黏性的聲音，同時急促地呼氣，那似乎是笑聲。

「喏，妳果然沒看，妳果然什麼都不知道。」

「你是怎麼了，從剛才就一直這樣，你喝了酒是嗎？我今天不想再和你說了。」

「說起來，這是妳拋出的話題吧，但妳現在卻這種態度。」

「喂，我要結束通話嘍，要是你再不好好說的話。」

「唉，真是麻煩透了。」

那麼，我寄圖片過去給妳吧。

他說完後，我電腦畫面角落彈出新的通知。「您有一則新訊息」的通知欄顯示，表示剛才使用的通話軟體的聊天室裡，有來自他的新留言。

我反射性地長按電腦的電源鈕，既沒看聊天室，也沒切斷通話連結，就強制關機。

隔天，我開啟通話軟體，將他設為封鎖的聯絡人。我也認為這樣的處理方式相當粗糙，但當時我認為這麼做比較好。最後，他一直沒再和我聯絡，我也沒在部落格上看到他。他經營的網站也不知道什麼時候合約到期，幾年後我重新想去瀏覽，但得到的都是404錯誤頁面。

就這樣，只留下許多不可理解的記憶，「ARAISARASHI」相關的一連串事情就此結束。

雖然省略了中間的經過，不過現在我重新展開「ARAISARASHI」的相關調查。

第十四封　主旨：ARAISARASHI

這封郵件的寄件者，目前正尋求有人能提供幾年前以免費電子郵件服務為主，四處寄發的多篇文章以及圖片的相關資訊。對於前面提到的「ARAISARASHI」這個主旨以及信中附加的圖片及文章內容，如果您有一點印象，不管是怎樣的資訊都好，希望都能回信給我，感激不盡。

尤其是當時實際寄送的郵件內文以及圖片，現在仍未重新蒐集完畢，因此這項作業目前仍面臨許多困難。如果在看到這封信的人們當中，有人還留有當時的郵件，請提供我資訊。

請先替我保留，不要刪除。

第十五封　主旨：無題

小鈴

我都為妳做到這個地步了，

既然妳想死，那就快死吧 w

横次鈴

第四話　##namel##

第四話是主要由兩份資料構成的文章。第一份是向某個網路小說投稿網站投稿的長篇小說。從「投稿」這樣的寫法就能看出，現在那篇文章已不在網路上。原因（就像前面的故事中介紹過的幾個原因一樣）並不是因為當時是連網路存檔都沒留下的時代。而是因為文章被強制刪除。

原本刊登在網頁上的「小說」，因為在刊登的入口網站上違反了多項規約（包含從外部網站擅自轉載在內，有過度引用、過度的血腥呈現、反社會的描述），而加以刪除，以此作為對用戶的處分結果。換句話說，若要稱之為原作小說，它有太多以不適當的方式引用的地方，而且有部分文章還有不適合公開的描述，所以無法繼續刊登。這次筆者恢復那項資料，且一併寫上引用來源，並對不適當的表現方式加以修改及刪除後，刊登於本書中。

第二份是以短文的格式投稿到某真實怪談集的文章。我認為，知道這次的事情後，也一併閱讀這篇文章會比較好，所以便轉載到這裡來。

為什麼要在本書刊登這些文章呢？只要看過之後應該就會明白。

【以下是刪除的網頁網路存檔】

前言

這並非怪談。

正確來說，是對某個怪談產生的各種反應、感想，以及在這個舞臺周邊發生的幾個事件的總整理。也就是說，這裡全是「某怪談相關的描述」，而不是「某怪談本身」。基於諸多因素，「某怪談本身」並未收錄在此，尚請見諒。

此外，以下文章並非是要助長任何犯罪行為。就算因為這篇文章而發展出任何違法行為或是紛爭，筆者概不負責。請勿模仿。

衷心希望那孩子能永遠活在各位心中。

出自〈文藝館　臥待月的翡翠〉

《我心中想法，我倍感沉重。》

〔1/5頁〕

第一話　日常「非」依賴症。

叮鈴鈴鈴鈴鈴！！！

聽到這個聲響，我坐起身揉著眼睛。哦，又是黑白的一天開始了……我搖搖晃晃地前往洗手間洗臉，拿起防曬乳。多麼平淡的每一天啊。在人生的惰性中，不知道是第幾次的嘆息。

大致完成一早的準備後，我拿起褪色的手拿包。反正早餐就算吃了也會吐個精光（原本我的個性就對吃不抱持期待，所以並不覺得有多困擾），不用花時間在這上頭，倒也是一件好事。因為如果多出這樣的時間，我寧可再多睡一會兒。只為了能逃離這個無聊的世界久一點……

我在玄關穿上平底鞋，打開門，這時我轉頭朝家中望了一眼。最後一次聽到家人的聲音，是幾天前的事呢？我說了一聲「我出門了」，當然也沒人回應。

〔2/5頁〕

你好♪

第一次見面的朋友，幸會，我叫凜！「好久不見了」？「最近小說停止更新對吧」？啊～啊～我不知道！我聽不到！（喂）

這次除了之前連載的〈虹夢〉之外，還打算「挑戰原創的學園小說！」，壓抑不了這樣的衝動……這次也試著增加書架上的書名，展開這樣的暴舉（↑胡說什麼呢！）。當然了，之前的小說我也打算繼續寫完，所以請各位耐心等候！

且說，在第一話〈日常「非」依賴症。〉中，出現了「我」這麼一位覺得這世界很無趣的女生。這次的小說，是以這女孩為主軸來進行。

寫了之後我深深覺得，果然還是用「我」這樣的角色來寫，故事最容易推展。可能是對這世界採取一種俯瞰的視野吧，就算周遭處在歡樂喧騰的情況下，還是能無意識地與他們劃分清楚，「我」就是這樣的個性。說個秘密，「褪色的手拿包」有「已經分隔兩地，無法說話的姊姊給的，所以有點褪色」和「對我來說，世上的一切東西看起來都像褪色」這樣的雙重含意。

不過，不只限於這位主角，「看到的世界和大家不一樣」的這種心情，應該大家都有吧……我每天都無意識地心想，要是可以什麼也不想，和大家一起歡笑，那是多幸福的事啊，而只有在發現自己這樣的心思時，我才會露出發自內心的微笑。看來，就只有在廁所裡，才是唯一能展現真實自我的地方……寫下心裡話後，心情又變陰暗了……（喂）

因此，我不時會上傳至相簿裡的圖片，就是以這樣的心情作為原動力。就連這樣的心情也會想到「可以用在創作中！」，果然是創作者的天性使然吧。是從什麼時候開始變成這樣的呢……（笑）

總之！說得有點離題了，我打算近日要再推出第二話。這個「我」過的是怎樣的學校生活，大家若能以溫暖的目光來守護她，我會很開心的。能收到大家的加油打氣和感想，更會讓我喜極而泣！

那麼，下次見了……♪

〔3／5頁〕

第二話　愛逞強。

「早安！」

「早安，超睏的。」

「我說，妳數學講義做了沒？」

因為離家近，所以我報考了這所高中。

校門周遭響起一群我連名字也不記得的同學們的歡笑聲。

啊，真羨慕。

我快步通過校門，準備前往教室。

但就在我即將離開鞋櫃時，今天又被喚住了。

「不好意思！學姊，可以耽誤您一點時間嗎！」

這名滿臉通紅朝我叫喊的男生……是誰啊？

「昨、昨天的信，您看過了嗎！」

我這才想起。

這個人是昨天在體育館後面，顫抖著遞給我一張信紙的高一男生。

「咦，什麼情況？」

「哦，又來了。聽說那女生前天被羽球社的學長找去呢。」

「真的假的！這麼猛啊！」

好幾名看熱鬧的人聽他叫這麼大聲，感覺得出他們都遠遠地望著我們。

可能是不敢與我目光交會吧，他視線微微朝下，等我回覆，我望著他，差點又嘆了口氣。

「抱歉。我現在沒考慮這方面的事。」

我這樣說道。這是真心話。

大家都很開心地投入戀愛中，但我實在不懂這有什麼樂趣。我過去從沒喜歡過人，大概今後也會是這樣吧。

聽了我的答覆後，那男生沮喪地低下頭，我看他這副模樣，打從心底感到悲傷。我也想有高中生的樣子，想好好享受這個世界啊。

這裡令我感到很不自在，於是我快步離開鞋櫃旁。

從看熱鬧的人們面前通過時，某班的女生以我聽得到的聲音說道：

「不過，她大可不必露出那種不耐煩的表情吧。」

我一如平時，無視這一切朝教室走去。

「這種事我也知道啊。」

我以沒讓任何人聽見的聲音咕噥道。

〔4／5頁〕

大家好♪

謝謝各位從第一話一路看到這裡。

人生一直都是在逞強，我是凜！☆彡

在第二話〈愛逞強。〉中，試著將注意力放在「我」的日常生活中，以此推動故事。

不過，「我」真是個可憐的孩子……我一邊寫，一邊頻頻嘆息（苦笑）。

身為作者，不管是怎樣的角色、怎樣的故事，最後我都會讓他們幸福！我抱持這股幹勁寫下每個字句，可是……可能是我的壞習慣吧，當我猛然回神才發現，登場人物最後都會落入很不走運的情勢。沒問題吧我……不！接下來登場的人物，我一定能想辦法改善這個問題！

「這責任落在本大爺身上嗎？」

啊，等等！你還沒在這篇登場吧！

「喂，各位聽好了！這個作者爛透了。」

喂，看我堵住你的嘴！

還有，怎麼能對讀者這麼沒禮貌！

（一個小時過去……）

呼、呼……（汗）

真、真的很抱歉。剛才冒出的人物，今後可能會在某個地方登場。如果各位能對他的登場抱持期待，將是我最大的欣慰！

此外，因為我目前在現實世界中愈來愈忙碌，也許下次更新會稍微延遲。「我不是向來都延遲嗎」這話我可沒說。因為這個緣故，第三話請各位耐心等候。其他小說和角色也是，預計當我創作完成，覺得滿意時，隨時都會陸續更新。尚請見諒！

那麼，後會有期……♪

〔5／5頁〕

這部小說的更新無限期停止。

謝謝各位之前的照顧。

mixi主題
「來聊聊【怪奇・不思議】同人誌裡發生的恐怖體驗吧」摘錄
（目前已刪除）

〔36〕mixi用戶
08月29日19：32

聽了〔23〕小姐的故事後，我心想，該不會是同一個人吧……於是我也留言。我認為23小姐的體驗談，談到的是一個原本屬於不同類型的人參加選集徵文，對文字排列提出奇怪意見的這種內容……而我大概是那個人還待在其他類型的時候，在網路上遇見了她。

而且那裡也不是屬於專門寫恐怖故事的類型，而是對自己喜歡的漫畫進行二次創作的人們聚在一起的地方。我和那個人都喜歡同一個角色，以原創的夢想主角來進行二次創作，就此認識彼此。但當我們認識半年左右，她突然變得很奇怪。之前她也都很正常地製作網頁，在上面放上自己的創作或日記，但後來突然停止更新。

如果只是突然沒露臉，是很常有的事，並非只有她才這樣，所以當時我心想，就耐心地等等看吧。最後等了約一個月左右，她的網站不知什麼時候突然更新了。但記得我在看到網站的瞬間，還以為自己看的是別的網站，仔細確認過網址。

之所以這麼說，也是因為她之前放在網站上的日記和畫作圖片集全都刪除了，取而代之的，只有一部像是最近創作的小說（？）。當然了，她之前公開過的小說也全都沒了。

偶爾有人在改變名稱或是退出時，會將過去的內容全部刪除，但對於她這個人，我想不出有這類的理由和原委，所以相當驚訝。因此，我當時覺得既落寞，又悲傷，但從僅存的唯一連結閱讀過那篇文章後，我原本的感慨頓時消失得無影無蹤。

當時我和她都將夢想小說中的原創角色與其他作品的角色連結在一起，投入這類型的創作，所以製作了專為公開這類的文章而設計的網頁。就像在開始看序章或第一話之前，會先聲明「請決定主角名字」的網頁一樣，先安排一個緩衝。她的網頁有文字框，只要在上面寫上自己喜歡的名字，出現在小說裡的角色就會用這個名字稱呼你。主網站提供能發揮這項功能的工具，大家就像在玩小說遊戲一樣，使用這項工具。她對自己唯一公開的小說也採用這個功能，可以設定各個人物的姓名，但這已經有點古怪了。

在製作姓名欄時，為了因應有讀者沒輸入名字的情況，有時會先安排好預設的名字，這是它的前提。如果能輸入姓名的話，會在各自的文字框底下出現以下這樣的顯示。

「★未輸入時，姓氏會設為『小鳥遊』」

「★未輸入時，名字會設為『剎那』」

如果想像成在登錄某個服務的帳號和密碼時，會附上「能輸入半形英文數字」的說明，或許就比較能理解。

不過，這裡的兩個輸入欄，「姓氏」與「名字」的文字框底下都寫著：

「這是橫次鈴這個人親身體驗的怪談」

要是沒寫名字的話，就會在原始設定下出現這樣的標示，或是一概沒有任何描述，就只有剛才寫的那一行字會顯示在這兩個輸入欄底下，就像在提醒一樣。我也長期閱讀網路小說，但是像這樣的標示，我當然沒看過。

不過，雖然沒看過，但我心想，應該是要人們在這裡寫下那個名字吧。因為「網路小說一開始如果出現名字的輸入欄，那就是用來決定登場人物的名字」，我已在過去的網路生活中灌輸了這樣的觀念，這已成為常識。

因此，我也沒多想，就直接在上面輸入名字。原本以我這個人的習慣，只要原始設定的名字不是很奇怪，我都會直接沿用。我在姓氏欄裡輸入「橫次」，在名字欄裡輸入「鈴」，接著按下「決定」鈕，然後便直接跳轉至小說頁面。

上面所寫的文章本身，其用字遣詞和她過去我所讀過的文體一樣，但內容明顯不同。也不知道這算不算是恐怖故事，內容之陰沉，從她過去的文風實在很難想像，看著看著，連我也跟著心情鬱悶。

這部小說內容一貫，談的都是剛才我輸入人名的那個人……也就是說，我在閱讀時，上面刊登了許多則短篇故事，內容談的都是「橫次鈴」遇上各種可怕的遭遇。每一則的長度，都是只要滑鼠滑動個四、五下就能到底，至於恐怖的遭遇，則會隨著故事不同，而有很大的差異。不過，這部小說的主角，也就是我輸入名字的主角，從頭到尾一直都遇上恐怖的事，只有這個劇情推展始終如一。因為我真的很怕看驚悚小說，所以上面的描寫，全是讓我很排斥繼續看下去的內容。

她對外公開的文章，我幾乎全都讀過，但這種像怪奇小說或獵奇小說的表現手法，過去從沒出現過。而為什麼要在這種內容的小說中刻意作一個主角名字的設定欄，然後附上「這是橫次鈴這個人親身體驗的怪談」這行文字呢？我也說不上來，但總覺得她是用那種方式來誘導我輸入名字，覺得陰森可怕。

這短篇故事一共有五話，從第五話轉往下一頁後會有後記，就是這樣的構造，但我看到第三話後，就不想再繼續看下去了。而且愈往下看愈在意，不知道她為何突然寫出這樣的文章。其實是不該這麼做的，但我還是先點擊了後記。

那一頁就像23小姐所寫的一樣，有一篇文章提到文字的方向要怎麼走。我所看到的，並不是「右上到左下……」這樣的描述，而是提到如果不照這個方向就覺得不能接受。我到現在仍不懂這個含意，不過，我感覺出一股「不能再繼續接觸下去」的氣氛，於是我從此不再造訪那個網站。

雖然我已完全忘了這個體驗，但看到剛才的留言後，腦中浮現「對哦！」的想法，就此憶起，所以試著把它寫下。但不小心寫了這麼長一篇……弄髒了各位的眼睛，真是抱歉。

微電波轉貼保管庫　出自記錄檔no.52

（出處：週末恐怖故事討論串）

142你後面有個無名氏……

我在其他討論串看到搭電梯到異界去的方法，以及打開車站鬼門的方法後，心想，我也知道類似的事，所以來湊個熱鬧。有煩惱的人，或是心情低落的人，也請試試看。不需要什麼特別的道具。

一、隨便打開一個恐怖故事類的討論串，哪個都行，選一篇怪談。一開始找個文章數量不多的，應該會比較容易著手。

二、將它轉貼到記事本上，用那篇怪談將「遇上恐怖遭遇的人」裡頭的文字改換成不同的人。例如原本是「我」這個人看到鬼魂的怪談，就把「我」這部分替換成「○○先生」。

三、替換結束後，轉貼到其他討論串。

四、這麼一來，你背負的壞東西，就會由「○○先生」這個人來替你化解。前面提到，一開始找文章數量少的會比較好著手，不過，故事的數量當然是愈多愈好。

微電波轉貼保管庫　出自記錄檔no.112

（出處不明）

好久沒來逛這類的討論串了，真懷念，不過，這裡還是一樣這麼多人。我最近也有一個不可思議的新體驗，機會難得，於是試著在這裡分享。不過，這並不是實際體驗，而是我夢見的故事，還望見諒。

首先，我有位從大學時代就認識的朋友，名叫鈴（假名），她的某方面令人有點傷腦筋。

那就是她常跟人說她「看得到靈」、「這個地方不太乾淨」，不光在她自己經營的網頁上這麼說，連在車站或咖啡廳等會引人注意的地方，也一樣高聲談論這種事。有時會突然指向車站的某處說「有個半透明的人剛才走進那裡頭了」，有時則是在咖啡廳裡東張西望地說「這個位子容易匯聚不乾淨的東西，我們請店員換個位子吧」。因為這樣，周遭人很多都對她避而遠之，但我還是喜歡和她往來。

某天深夜，鈴打電話來。本以為她和平時一樣，是為了接待客人的問題而苦惱，但那天她的語氣不太一樣。她一開口，就以緊張的聲音說「有鬼」。還說此刻鬼魂已來到她面前，希望我能馬上去一趟。

當然了，坦白說，我完全不懂她在說什麼。因為她突然打電話來，接著喋喋不休地說鬼魂怎樣怎樣，所以不光我會這麼想，任何人也都會有同樣的反應吧。而且當時早已過了凌晨兩、三點，這段時間要自己一個人外出，需要相當的勇氣。

我先以緩慢的口吻和處於恐慌狀態中的她說話。話說回來，為什麼妳覺得那是鬼魂，如果我現在過去找妳，妳人在哪裡？同樣的話，我大概重複了兩、三次。她在電話那頭說了以下的內容。

地點是我們平時有東西要面交時使用的公共廁所，因為標示容易混淆（事實上，當時如果她用口頭說，我也不知道她說的是哪裡），就不在此標示了，不過，是我們私下都用「我的廁所」這個暗號來稱呼的一個地方。那裡雖是公共廁所，但離市街或住宅街很遠，幾乎是廢棄在那裡，所以有一部分人常會利用那裡來遞交各種物品。

我盡可能不去刺激她，用字遣詞特別小心，持續向她提問。嗯，地點我知道了，是那個廁所對吧。那麼，妳說那裡有鬼魂，這又是怎麼回事呢？

因為……她的聲音在顫抖。

「因為，明明都已經除靈了，但那傢伙卻還在。」

她以顫抖的聲音說道。

在電話這頭聆聽的我，完全不懂她這句話的含意。不過我深切感覺得出來，她應該是一時陷入精神不穩定的狀態，覺得自己看到不存在的東西吧。我始終都像照著手冊指南回答一樣，要她先做個深呼吸，讓自己靜下來，別隨便往外跑。和她聊了十分鐘左右，她似乎也平靜了下來，已能用穩定的口吻對我說「我已經沒事了，謝謝妳」，所以我也就此掛上電話，沒多久就上床就寢。

那天晚上，我做了個夢。如前所述，我是在確認她已脫離恐慌狀態後，才做了那個夢。

夢中的我，在聽完她說的話後，馬上前往那處公廁。我想，大家應該也都有這樣的經驗，就算是在現實世界中很不合理的邏輯，但在夢中卻毫無破綻，完全接納。夢裡的我從她說的「因為那傢伙還在」這句話中感覺出什麼，因而覺得非馬上去那個地方不可。

走在沒有路燈的狹窄道路上，穿過一處與其說是廣場，不如說是人造地的草叢，那公廁就在前面。這裡不可能裝設自動感應器，這裡的電燈開關設計，非得自己動手打開設在入口旁的電燈開關不可。現在這裡已是個有沒有電都令人存疑的地方，果不其然，這廁所就算在夢中也一樣漆黑又安靜。從廁所正面看，左右各有一扇門，而女廁在左側。

我先熄去自己帶來的手電筒，在草叢中前進，來到那扇門前。我以指甲輕敲那扇門，但在這處空無一人的建築物裡，聲音還是聽得很清楚。儘管如此，我還是聽不到裡頭傳來任何聲響。為了不讓對方以為我是警衛之類的人物，我對門內輕輕說一聲「是我哦」，但結果還是一樣。

那是一扇拉門，門把呈拉桿形狀。因此，我握住那冰涼的金屬門把，只要將門把往下壓，接著向後拉，應該就能打開才對。

就在我將門把往下壓的瞬間，那扇門突然就打開了。門逼向眼前，我差點失去平衡，整個人往後退，一時搞不清楚發生了什麼事。

就在那一瞬間，滿是雜草的地面上傳來東西摩擦的沙沙聲，我反射性地望向聲音傳來的方向，視線轉向剛才打開的那扇門。我將手電燈照向依舊一片漆黑的入口處，前不久還在跟我講電話的她，就躺在那裡。

她閉著雙眼仰躺在地，雖是躺著，但仰躺的頭部卻沒抵在地面。那姿勢就像將躺椅的椅背倒至極限，不過地面上當然沒有支撐物。

她脖子上綁著尼龍繩似乎繫在剛才打開的那扇門內的門把上。因為利用門把和繩索來上吊，所以體重都加諸在背後，也就是門上。這時我才明白，難怪門會一下子就打開。

我在夢中確認鈴的模樣，一開始心中產生的是類似憤怒的情感，心想「瞧妳幹的好事」。說起來，我這份情感宣洩的對象不是她，而是將她逼上絕路的「鬼魂」。

因為她繫在一路從門把緊繃的尼龍繩上，就像在進行嚴苛的腹肌鍛鍊般，維持這個姿勢閉著眼睛，我朝她的屍體俯視了半晌。不知過了幾秒，黑漆漆的女廁前方傳來腳步聲，我朝聲音的方向望去，發現在隔著繩索的前方，鬼魂出現了。

鬼魂露出不懷好意的笑容，朝我和她的屍體來回望了一會兒後，半帶嘲笑地說道「這傢伙似乎老早就在心裡咒殺過某人呢」。

最後，我一邊發著牢騷，一邊走進女廁，握住鈴的腳踝用力往後拉，再度將她帶回屋內。她並非完全仰躺，而是靠著門把和繩索微微撐起上半身，這樣比較容易搬動，但還是一項很吃力的工作。當我好不容易將身體帶回廁所內，再次把門關上時，天空已開始微微亮起白光。

我俯視她那像是上吊，又像是倚在牆上的姿勢，嘆了口氣。這屍體的模樣也是，整體來說顯得很不乾不脆。她好不容易開始看到鬼魂了，就繼續讓她保持這樣不是很好嗎，可是卻因為自己覺得開心，而一口氣毀了她，真搞不懂那傢伙的想法。

〔因筆者個人想法而刪除文章〕

不過，事到如今，這也是沒辦法的事。我用手機拍了幾張她低著頭的照片，這用在留言板的圖片資料上應該不會有問題，夢中的我就此著手進行下個工作。

鈴似乎不是空手來的，我打開靠近入口處的一間廁所門後，發現用來補充備用衛生紙的這處空間裡，擺了一個小化妝包。我心想，她可能會帶刀子在身上，試著打開來翻找，果然不出我所料，有一把大剪刀混在錢包、手機、藥錠之中。

〔因筆者個人想法而刪除文章〕

那把剪刀用宛如毛毯般的布套罩著，取出一看，那黏答答的刀刃反射出屋內的微光。我先蹲向倚在牆上的她面前，以刀尖抵向她上半身穿的那件輕薄的布製水手服。

我從那塊布上剪下一個四方形。如果是像裁縫剪這種專門剪布的剪刀，或許剪起來就會順利許多，不過，這也是因為現在得在有人穿著衣服的狀態下剪布，多了些阻礙，才會剪得這麼不順手。最後剪出勉強看得出是長方形的難看模樣，但一次就能成功，我已經很滿意了。現在我很感謝自己，還好當初建議她穿這種以超薄的布面做成的廉價水手服。想到接下來，這塊布也和剛才拍的照片一樣有它的必要。

剪完衣服後，我思索了片刻，後來改變想法，覺得不能繼續這樣下去。如果讓她就這樣不乾不脆地上吊結束這一切，那我可傷腦筋了，或者應該說，這樣就太掃興了。

〔因筆者個人想法而刪除文章〕

因此，我想趁她身體還完好時，再讓她死一次。如果只是窒息而死的話，多沒意思啊，但當時我手上沒有什麼好道具，所以只好借用那把剪刀了。

這是夢裡發生的故事。我將她套在脖子上的繩索（原本只是微微套著）用力往上推到下巴一帶，並張開剪刀，抵向她喉嚨。就像手握菜刀的刀柄切蘿蔔一樣，只要用刀尖抵著，再施加全身的重量，刀刃應該就會嵌進肉裡。說來真難為情，當時我心想，我這就像是第一次要割腕或割手臂的人一樣。因為肉很軟，應該會比切菜還容易，但她卻不像蔬菜（蘿蔔）那麼好切，所以我這才發現，她沒想像中來得柔軟。不夠柔軟，不就表示用剪刀剪不斷嗎？這下該如何是好？我在夢中為之苦惱，於是我想到一個方法。以下也是我夢裡的故事。

〔因筆者個人想法而刪除文章〕

這工作結束時，我得到一種成就感，但另一方面，心裡也覺得這事還沒結束。首先，如果鈴不是自己上吊的話，接下來理應會有的靈異體驗，必須想辦法繼續消化下去。而逼她走上絕路的原因，也就是那個像鬼魂的東西，如果日後繼續在世上四處橫行，未免也太奇怪了，所以這件事也得早點處理才行。

不過，當時窗外已相當明亮，此地不宜久留。我也累積了不少疲勞，不管怎樣，目前我已無法採取進一步的行動。雖然這是夢裡的故事，不過，我一直不眠不休持續運作的腦袋，想要展開正確思考，實在有困難，所以我決定先回家再來思考今後該怎麼做。

剪刀因為使用得太過粗暴，動作變得很不流暢，我再度將它放回布套裡。我想洗手，但水龍頭只會流出滿是銅鏽的褐色黏稠髒水，所以只要大致清除油脂就行了，於是我借用她包包裡的濕紙巾。

用了約四、五張後，至少看起來乾淨多了，於是我打開口袋裡許久未用的手機。記得當時是清晨五點左右。我心想，真的得趕快回去才行，就此打開手機裡的選單，螢幕畫面跑出照片的資料夾。上面排列的都是我最近拍的幾張照片，畫面中出現鈴重死一遍前的照片，是我剛剛才拍的。順便重新確認每一張照片的畫面，按下決定鈕。手機畫面上出現鈴身穿制服倚在牆上的模樣。畫面裡的她面向我。她脖子上套著繩索，彎著脖子面向我，就像在說「已經無法重新來過了，真是遺憾」，所以我認為這果然是一場奇怪的夢。

現在我仍覺得，這真是一場不可思議的體驗。

微電波轉貼保管庫　出自記錄檔no.52

（出處：週末恐怖故事討論串）

156你後面有個無名氏……

142說的內容，有人曾經做過嗎？既然很認真思考過這個問題，實在很想知道結果。

後記

真的很感謝各位一路看到這裡。

好久沒在這裡發文了，不過，自從以前在別的地方發表文章後，又寫了許多文章沒發表，所以心想難得有這個機會，決定試著發表。就像我一開始寫的，這是和某怪談有關的描述總整理，而不是在此刊登衍生出這些文章的那個故事。這點還望各位有所了解。

我不時會在網路上的留言板談到恐怖故事，但在看各種怪談以及人們對怪談的探究時，常常愈看愈心裡發毛。此外，如果是一聽到「網路怪談」就馬上會想到的故事，通常像「這個描述應該是這麼回事吧」這樣的探究回覆，往往會累積達數百則之多。這方面的留言也會發展出非常詭異陰森的想像，完全不輸正文，而當我看著這些留言，心想「到底是遇上怎樣的情況」時，偶爾會有以下的想法。

如果有個人只活在人們的想像和心中的話，那麼，想像他遭遇不幸是否算是「詛咒」或「殺人」呢？

我想，答案可能是「否」吧。詛咒並不是這麼簡單的事，而且，如果這是事實，需要對人的生死展開探究的推理劇或推理小說等等，將全都是傳播詛咒的咒術之物。因此，希望大家能抱持這樣的想法來閱讀之前刊登的文章，不必擔心。

各位所探究的鈴親身的恐怖體驗，以及鈴究竟發生了什麼事，請務必以發表留言或感想的方式告訴我。最近我提不起什麼幹勁，難得有這個機會，所以也在此募集各位讀者的感想。

那麼，改天再見。

〔網路存檔引用到此為止〕

誰都好，告訴我你的想法吧。

出自《駭人的真實怪談　地獄篇》

第二十三話　殘缺的靈異照片・續

這應該算是前作《暗黑篇》第六話〈殘缺的靈異照片〉的後續故事吧。前作發行後過了一段時間，當時的消息提供者打電話給筆者。

提供〈殘缺的靈異照片〉這則故事的人，是當時還在大學就讀的洋子小姐（假名），一位和她同樣對怪談感興趣、志趣相投的朋友，讓她看一張「靈異照片」。那是用手機拍攝的照片，顯示出一名身穿學生制服、倚在褪色白牆上的女性，而且只有頭部以下的部位。說起來，那張照片算是刻意修圖後的靈異照片中的一部分，原圖的「臉部不一樣」——前作所寫的內容大致是這樣。

現在洋子小姐以社會新鮮人的身分，開始在大學附近生活，她周遭的朋友不是念研究所深造，就是投入職場。但關於那位朋友，自從靈異照片的事情後，便一直沒機會和她說話，後來她就此休學，音訊全無。

「我曾不經意地向其他朋友打聽，但大家都不知道她後來的情況。我沒辦法追究她的責任，而且那也許不是外人該介入的事，所以雖然很在意，但還是沒深入調查。」

電話那頭的洋子小姐，以和上次截然不同的聲音接著說道。

「剛才我也說過，我在大學附近的企業任職。在和之前的生活圈沒多大不同的地方繼續生活，所以偶爾也會和當地的朋友們見面。」

某個週末夜，洋子小姐和同事在酒局中難得多喝了幾杯，步履虛浮，雖然最後勉強坐上電車，但坐上椅子後便什麼也不記得了。當她猛然一驚，抬頭望向站名顯示時，雖然還沒到終點站，但她要下車的那一站早錯過了。她原本急著想從最近的車站返家，但後來改變想法，覺得從再過幾站的大站下車，應該會有比較多的路線可以坐回家。

當她再次走下電車時，已過了晚上十一點。雖說是週末時分位於鬧街附近的車站，但人未免也太少了。像她一樣喝醉的公司員工和大學生各自聚成小團體，在空蕩的車站裡大聲喧譁。

洋子小姐揉著沉重的眼皮，朝返回的月臺走去時，目光不經意地追向一個從她身旁走過的人影。對方正在跟人講電話，她覺得這聲音有點耳熟。

「我聽到聲音抬起臉，視線追向聲音的方向時，猛然驚覺。那就是自從那件事後，一直音訊全無的那名女子的聲音。不論是說話方式，還是側臉，都確定是她沒錯。」

洋子小姐對於這突然的重逢雖然驚訝，卻沒感到高興。

這位約一年不見，感覺像老朋友般的人物——她的模樣令洋子小姐感到不知所措。

她身上穿著學生制服。她和洋子小姐同年，就算她現在還在念大學，也沒必要穿水手服。就算是當便服穿也不合適，就只是為了穿學生制服而穿。衣服的顏色和裝飾，感覺都和之前她用手機讓我看的那張照片很相似。

不久，她掛斷電話，洋子小姐不自主地注視著她。洋子小姐也曾懷疑會不會是認錯人，但還是很在意。為了不讓對方起疑，她刻意走在斜後方，但後來對方發現，轉頭望向她。

「我沒做什麼壞事，但心裡還是暗叫不妙。我結結巴巴，小小聲含糊不清地對她說『抱歉，我不是在跟蹤妳，只是覺得妳可能是我認識的人』。」

她朝洋子小姐看了一會兒，就此露出微笑，和她聊了起來。

「啊，這不是洋子嗎，好久不見了。」

她的聲音和說話口吻，當然和一年前一樣沒變，所以洋子小姐才會認出她來。但這時洋子小姐很確定，她的精神狀態明顯起了難以形容的變化。

「有多久沒見了？竟然在這裡遇見洋子，哈哈。真沒想到會再見面，妳過得好嗎？」

「嗯，還好，過得還可以。呃，妳怎麼會在這裡？」

「嗯？就因為那個嘛。這裡有許多飯店、網咖。」

「網咖……話說回來，妳為什麼穿這種衣服？這麼晚了……不，就算不是晚上，也很奇怪吧。」

「哦，這樣啊。不過，洋子妳應該知道才對啊？妳大學時，我不是讓妳看過嗎？那張靈異照片啊。」

「靈異照片？妳是指穿制服的那張照片嗎？」

「對對對，照片中拍到死人的模樣。」

「死人……不過，因為那是靈異照片……」

每次和她說話，洋子小姐總是這樣。

慢慢地愈來愈不對盤，一些認知上的落差，在自己不知道的地方逐漸累積，總覺得哪裡不對勁、悶癢難搔。

「所以死人不會說話啊。」

之後她微帶笑意地說了這句話，洋子小姐至今仍想不出這話中的含意。

「只要打扮成那傢伙的模樣，不管做了什麼，全部都會由她來承擔。」

洋子聽她這麼說，一時不知該怎麼回答才好，就這樣呆立原地。正確來說，她只發出像「啊」、「呃」這種連回答都算不上的單字，那卡卡的回答，以及遠處微微傳來的醉漢笑聲，反而更加突顯出現場令人難受的沉默。

在安靜的車站裡，再度為這場對談接話的人，是那位朋友。

「算了。我說洋子，妳以前念大學時，說妳喜歡怪談對吧。」

「啊，嗯。」

「沒錯吧，所以我才會和妳聊到靈異照片。那麼，我想問妳一件事。」

她如此說道，從包包裡取出手機。

她操作了幾秒後，拿給洋子小姐看。

呈鋸齒狀貼滿遮瑕貼的手腕，前方是發光的手機畫面，上面顯示出當時洋子小姐看過的那張「靈異照片」。

「那不是存在手機照片資料夾裡的圖片，我想那大概是直接對著電腦螢幕翻拍吧，有人將它上傳到某個圖片留言板上。也就是說，這照片是直接拍攝顯示在留言板上的畫面。所以我當時覺得很納悶。如果那真的是靈異照片，或是什麼有來由的照片，這樣上傳好嗎？她嘴角上揚，讓我看那張照片……」

洋子小姐在電話中略微吸了口氣，以明顯不同於先前的口吻說道：

「同時問我『妳猜我之後發生了什麼事』。」

洋子小姐當時覺得就像只有她的聲音在耳內響起似的，彷彿整個車站裡只有她們兩人。她心想，這裡真有這麼安靜嗎，轉頭環視四周，結果發現車站裡所有人都望著她。站在地圖前操作手機的中年男子、聚在一起高分貝講話的一群大學生，全都望向她。

感覺他們的目光焦點似乎與她的位置有點偏差，就像從別的角度對望著另一臺相機的一群人拍攝的團體照一樣，也就是說，他們雖然望向她的方向，但感覺不是在看她。

洋子小姐就像是跟著他們的視線走一樣，緩緩轉頭望向她。

她身後站著一個剛才應該不存在的東西。

「那會是誰呢。哎呀，因為那場體驗本身很沒真實感，所以我也沒辦法很篤定地說就是這樣。那到底是什麼，我真的不知道，那確實不是人類，但我知道它原本應該是人類。那鬆軟的東西和她穿著一樣的衣服，不時會像痙攣一樣全身發顫，我想，它應該是在笑吧。」

就在洋子小姐親眼目睹那東西，也就是洋子小姐視線移向後方的瞬間，那女子扯開嗓門大聲叫嚷。

「那傢伙或許半途就死了，但在我心中，她現在仍舊活著。」

那是不習慣大聲說話的人，刻意擠迫喉嚨發出的特有聲音，她說完這句話後，稍微喘了口氣。而那全身鬆軟，微微顫動的某個東西，依舊在她身後，也不知道她是否發現了那東西的存在，只見她以幾乎可用尖叫來形容的音量接著往下說。而且嘴角硬是往上揚。

「所以一切還沒結束，還能繼續下去。因為她就算死了，還是一樣活著，對吧。」

「喂，妳好歹說句話吧？」——她朗聲大叫時，洋子小姐發現某件事。

「我也幾乎被現場的氣氛所感染，完全接受夢中那莫名其妙的邏輯，一點都不會覺得不對勁地處在這種精神狀態下。我的腦袋迷迷糊糊，望著眼前許多事逐漸變得怪異，但我的思路很清晰，出奇地冷靜。」

洋子小姐發現，女子身後的那東西在「低語」著什麼。

雖說是低語，但其實是吸入空氣，讓聲帶震動，不像人類的發聲，除了那位友人之外，也沒任何聲音從那裡發出。但就像看到它在痙攣，覺得它像在笑一樣，洋子小姐發現它正一面笑，一面低語。而她那位變得很古怪的朋友，想要用很大的音量來消除那個聲音。這個邏輯不太尋常，至少洋子小姐當時是這麼想。

電話那頭的洋子小姐說，她不知道那東西在低語些什麼。

「不過，我覺得那東西說的大概也不會是什麼好事。因為——周遭一直望著它瞧的人們，突然說出『唉～她已完全自暴自棄了』這樣的話來。」

洋子小姐的記憶就此中斷，當她醒來時，發現自己躺在車站的長椅上，是被站務員搖醒的。那車站是位於前面提到的鬧街附近的車站，當時早已過了午夜十二點。她一時以為那是一場夢，但後來心想，那可能也不全然是夢或是幻覺。

「為了確認時間，我拿出手機，發現約十分鐘前的來電紀錄，有她的未接來電。自從讓我看過那張照片後，她應該已完全和我斷了聯絡才對啊。」

思考片刻後，洋子小姐將她的電話號碼設為黑名單，之後搭車站的計程車返家。

說到這裡，洋子小姐略微歇了口氣，接著補上一句「我這個人啊……」，繼續往下說。

「就像我之前說的，很喜歡怪談和驚悚作品。所以看過各種恐怖故事。而『乍看很普通的人，一臉理所當然地說著駭人的內容』這樣的描寫，在最近的驚悚作品裡不是很常見嗎？看到某人的發言總是都偏向恐怖的事物，就會明白，啊～原來這個人也是那方面的愛好者啊，就像這種場面一樣。不過……『當作自己已變成箇中角色的人』，我或許還是第一次見識。」

洋子小姐以完全不同於上次採訪時的口吻——就算隔著電話，一樣可以知道她正嘴角上揚的口吻，以此做了總結。

「或許乾脆變成鬼魂還會比較幸福。」

第五話　0x00000109

話說回來，那是從什麼時候開始的，已無從得知。

感覺好像是早在這些文章出書的十幾年前，我就有某個預兆。不過，足以產生這種預兆的氛圍，或許在那之前就已醞釀完成，只是很難明確地斷定是從什麼時候開始。

那麼，話說回來，它的開端是什麼呢？這事到現在也還是弄不明白。

我覺得這可能是某個網站上產生的惡意，同時也覺得這是現實世界裡的人際關係造成的憎恨。或者是類似將鞭炮塞進青蛙體內一樣，是一種算不上好奇心的粗暴衝動。但稱得上是這一切最初原因的某個事物，在發現時早已被抹除。

放鞭炮卻沒燒完的人，以及將沒燒完的幾根鞭炮帶走的人。將不知該如何處置的廚餘，往散落一地的青蛙肉片附近擱置的人。各式各樣的人聚在路旁，復又離去，等一段時間過去，屍體和廚餘開始腐爛時，它們也互相沾染彼此，覆滿泥巴。再過一段時間，在蛆和微生物的作用下，屍體大多化為肉眼看不見的養分，這時開始會有人出來主張，那不是青蛙，而是其他動物，或者說掉在屍體旁邊的廚餘是造成這一切的原因。而搞到最後，連這一切現象的來源是惡意還是憎恨，也都分不清楚了，只留下「那裡曾經有某種情感」這樣的資訊空殼。

世上一般被當作怪談流傳的故事，有一些就是朝這種空殼裡添油加醋編造而成。而在網路上散播的這類故事更是如此。我認為第五話就是與這類怪談有關的故事。

在現代的網路空間下，當有人使用網路「黎明期」這樣的稱呼時，想到的年代（當然多少會有點誤差）可能是一九九〇年左右，誤差應該在十年的範圍內吧。指的是從「草根網路[9]」到「奇異世界[10]」這段期間，有時指的是到2channel誕生的那段時間，人們常緬懷當時那種異類地下文化的氛圍，採用這樣的文脈風格。

那麼，所謂的網路怪談——在網路上傳播的恐怖故事、不可思議的故事，它的「黎明期」是否也同樣發生在那時候？各位是否腦中會浮現這樣的問號呢？有一說指稱，從電腦通訊時代起，就有不固定的一群人會聚在一起聊怪談，形成多個社群，但現在可以證明這點的網路存檔已經都找不到了。像AMEZOU[11]或「奇異世界」這一類在2channel之前就有的匿名留言板，也是一樣的情況。像《地下室手札》這一類與怪談風格不太一樣的地下文化，累積了相當多文章，但如果要尋求現今看作是「網路怪談」的超自然文化的源流，應該是在這個網路黎明期的幾年後或是十幾年後吧。

更進一步來說，現今流傳的網路怪談中，很多就算是在前面提到的超自然文化裡，也都只誕生在特定的場所（討論串）裡。具體來說，像誕生出《猿

9. 又叫草根BBS，由電腦通訊玩家所私自開設，或是由同嗜好的團體展開營運，可獲得各種嗜好的高密度資訊。
10. 一九九〇年代後半到二〇〇〇年代初，號稱日本最大規模網路地下文化網站。
11. 原文為あめぞう，指的是あめぞう這個人所設立的網站，主要提供連結和電子留言板。算是2channel的前身。

夢》這類故事的「洒落怖」的討論串，或是「洒落怖[12]」這個名稱，現在幾乎被當作「網路上傳播的恐怖故事」的同義語使用。

過去一度存在，隨著惡搞的勢力抬頭而淡出的創作怪談投稿網站上談到的怪談，以及洒落怖討論串以外的專門討論串累積的體驗談，都逐漸被「洒落怖」這個大型概念所整合。最後，存在於它周邊的那些沒被整合的故事，已逐漸消滅。可能會像前面提到的電腦通訊或是「奇異世界」裡提到的故事一樣，連為了要驗證其存在而調出資料，都不可能辦到。

以下不妨可以看作是在網路怪談的黎明期下，這些「周邊」的超自然文化相關的一些體驗談。我具體地將這幾個文化圈裡談到的體驗談，配合時序和筆者的記憶重新排列。

一、絕不能搜尋的關鍵字

在網路上公開，會讓瀏覽者伴隨著恐懼感和厭惡感喚起負面情感的網頁。有時是獵奇的屍體圖片或可怕的網站，或者單純只是電腦病毒，當搜尋某個關鍵字就能找出這些資料時，這關鍵字就叫作「絕不能搜尋的關鍵字」。現在包含惡搞網站以及所謂的「電波[13]」系網站在內，有許多字彙都陳列在維基百科或超商貨架上的書裡頭，而將它們娛樂化的內容也同樣龐大。

就像這樣，「絕不能搜尋」與「瀏覽時要注意」幾乎是同義詞，可說是基於像鬼屋或驚險刺激的遊樂設施這樣的用途而使用的名稱。這名稱是藉由「絕不能搜尋」這樣的警告句，來進行一種劃分限制，同時也對接觸那項事物本身

12. 全名為「死ぬ程洒落にならない怖い話を集めてみない？」，意思是「要不要試著蒐集會把人嚇得半死的恐怖故事？」，是 2channel 超自然板的討論串。
13. 指老是向周遭人說一些荒唐的幻想或主張的人。

賦予試膽的特性。與標榜走進之後就再也出不來的鬼屋相比，它們指向的目標幾乎一致。

那麼，這句話打從一開始，就是看準這樣的娛樂要素而打造的嗎？這始終都只是推測，不過，筆者認為恐怕不是如此。

這句話誕生的初期，可能發揮了很單純的警告文功能。這並非是內容方面的劃分限制，而是單純以隔離為目的——就像將搜尋某個關鍵字，造訪該網頁的行為，設為一處禁地般，百般忌諱。當時被隔離的內容，與突然傳出尖叫聲的驚悚Flash，或是殺死粉紅色頭髮的少女後才進入下一頁的惡搞網站，或許特性完全不同。

發生了一起和某個網站有關的事，令筆者產生這樣的想法。

那是距今約十幾年前的事。當時筆者對於自己所屬類型以外的內容，都沒有積極地閱覽，但有個社群因為類型相近，總是傳來一些消息。大致來說，那是蒐集靈異體驗和現象等相關資訊的人們所集結而成，他們具體蒐集這些資訊後，積極進行驗證。例如在使用人偶進行通靈術的「一個人捉迷藏」的實況討論串裡常駐的人們，以及出現靈異景點的傳聞時，便即時嘗試潛入該處的「勇者」、「突擊部隊」的成員，我記得他們當中有不少人就曾聚在一起。難得他們當時對於「在網路上刊出自己的住處或所在地資訊」沒感到排斥（就是因為這樣，才能以突擊者的身分在匿名留言板上活動）。因此，我也積極與他們閒聊、辦網友見面會，這樣社群以外的人們也比較容易參與他們的話題。

在當時包含他們在內的超自然、靈異相關的部分類型中，流傳著某個不可思議的傳聞。那是與現在所說的「絕不能搜尋的關鍵字」很相近的傳聞，但還沒有固定名稱。有「一搜尋就會有麻煩事發生的關鍵字」，或是「詛咒的搜尋關鍵字」之類的稱呼，簡單來說，都是基於「透過搜尋會產生不良影響的關鍵字」這個意思來加以命名。

那麼，它到底是怎樣的傳聞呢？當中很多顯然都是添油加醋的故事，所以將它們大多數共通的地方和可信度高的描述重點摘錄後，我想它的大致內容如下。

這是像我們一樣，常在網路上閱讀怪談，將得到的資訊刊登在個人網站上當作備忘錄，算是這個領域的一位老手所說的話。他用Homepage Builder作成的網站頗有分量，以前常伴隨著「我去了關西的靈異水壩」這類內容的圖片，刊登日記。不光只有怪談相關的資訊，也包含了驗證的日記，聽說網站有一定數量的讀者。

某天他更新了標題為「發現了奇怪的網站」的日記。那是經由幾個個人網站的連結總整理和匿名留言板所找到的網頁，至於具體上是怎麼尋線找到的，就不清楚了。日記附上首頁的螢幕擷圖，雖然隱藏了網址列和網站名稱，但看得出大致內容。

黑底白字，非常簡單的文字網站。首頁的計數器，顯示該網站的瀏覽人數累計達兩位數左右，從中可以看出，這是很小規模的個人網站。從螢幕擷圖來判斷，首頁的對外連結只有一個——名為「遇見鬼魂的方法」（照原文呈現）的連結，就顯示在該網站的正中央。點擊那個連結後跳至那個頁面，上面只有幾行字以及一個連結。

在此保留了之前成功過的幾個用來體驗靈異現象的方法，作為備忘錄。請找出各自遇見鬼魂的方法。

【步驟】

1. 下載這個檔案
2. 一面想像可怕的鬼魂模樣，一面播放此檔
3. 播放此檔，上床睡覺
4. 一再反覆二和三的步驟

畫底線的部分有超連結，只要點擊這個部分，就能跳往某個下載網站。

不用說也知道，這個網站的描述有許多令人費解之處。例如過程中標示的「檔案」指的是什麼，為什麼加以播放後就能體驗靈異現象？此外，為了刊登

這則資訊，為什麼要特別另外設一個有別於首頁的頁面。能在那個網站上看到的資訊，如果就只有「遇見鬼魂的方法」，那麼，直接將上述文章刊登在首頁上應該就行了。

更新那則日記的人，當然也對很多事感到很好奇，於是他驗證這網站所寫的步驟，寫下一篇文章。那原本就是個小規模的網站，可能是對此有所顧慮，完全沒有能直接連往該網站的連結，所以瀏覽者們對詳細情形相當在意，一直在等候他的後續報導。

隔天，他再度更新日記。但標題寫著「這是病毒網站」，而在更新的同時，刪除了前一天的日記。

「昨天提到的網站上的檔案，我解壓縮後做了各種嘗試，發現檔案裡似乎植入某種病毒，我的電腦變得有點古怪。要是有人上當下載，那可不妙，所以為了謹慎起見，我刪除了那篇日記。」

上面大致寫了這種內容的文章。

當時特洛伊木馬病毒和惡作劇程式相當猖獗，但他如前所述，精通網路上的各種驚悚連結（包含後門病毒、瀏覽器衝擊器），所以他的日記內容就只當那是個小小的意外。

隔天，他發了一篇日記，上面只寫了「遇見了鬼魂　絕對不能搜尋」一行字，從那之後，他便沒再做任何更新。

之後在部分類型的網站上，會煞有其事地談到「絕不能搜尋的網站」相關的怪談話題或是臆測。那算是釣人上鉤、自導自演吧？他可能是因為下載了病毒，造成電腦報銷吧？或者是——他真的下載了會帶來靈異現象的資料檔？伴隨著這樣的臆測，也開始有一小部分人對他找到的個人網站以及在那裡下載的檔案展開搜尋。

基於專板的人雖少，但活躍用戶多的特性，有幾個人將他們熱中討論的話題也傳給其他的討論串居民知道，就像個人網路一樣。只要一個禮拜的時間，那個網站的話題就會跨越突擊者或驗證討論串居民的類型，逐漸傳開來，在它達顛峰時，「如果是每天都掛在超自然相關的網路留言板上的人，知道這名字的可能性就相當高」，它的知名度已達到這種程度。有一段時間，以平均一個月一次的頻率，會出現「找到那個檔案了」的釣魚討論串，上面貼的是瀏覽器衝擊器[14]或獵奇網站的連結，經過幾則回覆後，便就此封存。

而在這樣的情況下，有人得知這個話題，寫下「我看過這個步驟」的留言，事態又開始稍微炒熱起來。這個步驟也就是先下載某個檔案，在睡覺時反覆播放。

應該可說是用來「靈魂出竅」的步驟。

二、靈魂出竅・清晰夢討論串

靈魂出竅，一般給人「自己化為幽靈，只有靈魂離開身體的靈異現象」這樣的印象。往往會和「看到自己接受手術的模樣」的這種臨死體驗相提並論，算是比較主流的靈異現象。但在特定年代、特定的留言板裡，卻是以另外一套不同的脈絡在說明靈魂出竅。

藉由各種步驟「刻意地」製造出靈魂出竅的狀態，享受非現實的體驗。二〇〇〇年代前半已有這種專門的討論串，但之後過了幾年，因為外面有人建立了討論串，就此吸引眾人的注目，獨自創立出各種出竅法，並加以擴張。他們將自己的出竅行為稱之為「離脫」（也包含了一些明顯的騙術和超自然的考察），逐漸累積許多經驗談。

如果要談出竅的細部定義，或是與心靈的關係性、與清晰夢的差異，肯定沒完沒了，所以在此決定將它看作是「為了在睡眠時能有非現實的體驗，網路留言板居民自行開拓出的睡眠法」。

至於它的方法——有人指出前面提到的「遇見鬼魂的方法」，與部分留言板獨自發展出的靈魂出竅（以下稱「離脫」）的步驟相當雷同。具體來說，一

14. ブラウザクラッシャー（browser crasher），日文簡稱「ブラクラ」，原指瀏覽器衝擊器，後被引用為給予閱覽者精神上衝擊的事物，例如恐怖、嚇人的圖像動畫等。

面播放某個檔案、一面睡覺這點，與這個類型的討論所說的「靈魂出竅引導音樂」很類似。

現今在影片網站上仍上傳了數千個「利用θ波的聆聽音樂」，只要想像這類的音源或許就不難了解。藉由反覆聆聽特定頻率、節奏的聲音，以人為的方式營造出伴隨幻視或幻聽的半清醒狀態。轉成文字會顯得很誇張，不過簡單來說，就是藉由那個聲音來刻意抑制深層睡眠（非快速動眼睡眠），引導至淺眠時特有的鬼壓床或是近乎做夢的狀態。那麼，「遇見鬼魂」的步驟是否就是「離脫」的方法呢？其實不然，有人指出，如果想達到那個境界，有一些絕對不能做的事，在那個步驟下會對人進行引導。

如前所述，這裡提到的「離脫」，與所謂的鬼壓床或是清晰夢這類極端的淺眠狀態非常接近。與現實世界不同，那是個心想事成的世界——他們稱之為「名倉」，但為了追求那個世界，有一部分的網民會刻意犧牲優質的睡眠或許多個人時間。

在天空飛翔，或是實際與二次元的角色相會等等，處在一種「心想事成」的狀態。這與能在某種程度下操控夢中內容的清晰夢，或是在只有意識清醒的狀態下，恐懼心化為靈異現象具體顯現的鬼壓床，都有其共通之處。

所以在靈魂出竅時，想像「可怕的鬼魂模樣」，這對他們來說是最大的禁忌。因為在自己的想像化為幻聽或幻覺顯現的狀態下，如果進行會喚醒恐懼的想像，有時精神會陷入非常不穩定的狀態。如果想像在用藥過量或是派對毒品下引發負面體驗的狀態，應該就會比較容易理解吧。

當然了，只要沒弄清楚該網站連結的「這個檔案」是什麼，就無法保證這個看法吻合。不過，有傳聞指出，文中提到的「靈異現象」一詞以及許多的步驟都吻合，而且造訪網站的人失蹤了。這些要素顯現出奇怪的吻合，激起人們可怕的想像。

如果那個網站企圖造成某種精神上的影響，那又是誰刻意製作和公開的呢？

最後，在有人指出這點時，前後都慢慢有人離開，與那個人物失蹤有關的話題過沒多久就退燒了。其主要原因與其說是對那個網站的存在感到恐懼，不如說單純只是眾人對那個話題已經膩了。

不過，還是有一部分人鍥而不捨地持續調查。在靈異現象驗證討論串裡常駐的人們，都不太會離開，一直在專用的討論串上尋求人們提供資訊。但當時明明沒取得確切的證據，卻有「登載了會引發靈異現象的資料檔案，絕不能搜尋的網頁」這樣的宣傳自行散播開來。

他們是在過了一個禮拜左右，才在ＵＲＬ鑑定討論串上確認那個網頁真的存在。

三、因為沒有勇氣而不敢向前跨步的ＵＲＬ鑑定討論串

在某個時期的匿名留言板上，來路不明的連結不能隨便涉足。現在還是一樣很危險，不過，對那些露骨的垃圾網站，有加以排除的機制，而對做出這種

留言的用戶，也有封鎖的功能，而且瀏覽器和外掛軟體都會對有害的網站提出警告，用戶不會再直接遭受傷害。然而，如果是在瀏覽器會不斷冒出新視窗，接著電腦馬上當機的時代，這肯定會是很大的風險。

此外，不光是病毒或瀏覽器衝擊器，一些號稱是「搞笑影片網站」，但其實是貼上國外獵奇網站連結，以作亂為樂的人（或者是對這種獵奇圖片感興趣，但因為害怕，很希望有人能加以詳細說明的留言板潛水客），不論哪個時代都有。因此，在匿名留言板上，調查「外部連結是否為不會傷害電腦的安全網站，有沒有內含獵奇要素」，有它一定的需求，而這類的人就會使用URL鑑定討論串。

當有人貼出內含連結的留言時，就會由不怕獵奇內容或病毒的某人先確認連結，然後整理出簡潔扼要的內容後回信。例如像「是工廠裡的人被捲進車床裡的GIF動畫。有流血的獵奇內容，對PC無害」或是「是內含惡意軟體的詐騙網站（確認有彈出視窗）。最好別造訪」，鑑定討論串裡持續語氣平淡地列出這樣的短文。

而這樣的鑑定討論串裡，出現了一個「有個連結會隨著鑑定者不同，而有不一樣的鑑定結果」的話題。通常一個連結所附的鑑定回覆只有一則，但偶爾會有一些惡搞人士出沒，對明顯是有害網站的委託鑑定，寫下「我試過連結，什麼事也沒有」這樣的回覆。因此有個不成文的規定，會希望在討論串裡常駐的鑑定者也能對已經有人答覆的連結做個大致的確認（只有在回覆內容不實的情況才要報告這件事）。

在這當中，發現有個連結鑑定委託的留言，附上了三個錨點。

＞＞423

大概是個人製作的網站。

會連往一個名叫「遇見鬼魂的方法」，寫著奇怪步驟連結。有些人可能看了會覺得可怕。對ＰＣ無害。

>>423

>>426的留言裡說對PC無害，但可能還是要稍微留意。連結處是一個下載程式，雖然尚未確認，但好像強迫下載某個壓縮檔。

>>423不會有害。

以鑑定討論串的走向來說，如果對一個連結過度深究，有可能會被認定是惡搞或貼錯討論串，可能是因為這樣，之後話題便轉往其他圖片和連結，這件事沒再多提。不過，調查那個網站的人們在得知自己所尋求的網站的存在後，同時也發現這些留言不可思議的地方。

那就是在委託留言底下回覆的留言。這個留言板會透過留言者的終端或IP位址來附上固有的用戶帳號，但回覆第一個「對PC無害」和第三個「不會有害」的人，都是同樣的帳號。也就是說，這就像在看到有人提及「可能還是要留意」後，同一個人提出反駁一樣，再度強調那個網站無害。就算他這麼做，在討論串上也只是重複留言罷了。

如今回想，當那個連結再次出現，而且是放在URL鑑定討論串這種場所共享時，一切已經都失控了。但當時當然還沒意識到這點。

四、遇見鬼魂的方法

接下來完全是傳聞聽來的資訊，所以是更欠缺正確性的描述，尚請見諒。

總之，他們終於找到像是之前一直在找尋的網站連結，毫不猶豫地點開那個網址。因為現在留下來的，都是很積極參與靈異現象驗證和調查的這類人，所以採取這樣的行動也可說是理所當然。

那網頁的外觀確實和傳聞的一樣，黑底白字，正中央顯示了計數器和「遇見鬼魂的方法」這行字。顯示累計瀏覽人數的計數器在當時已達三位數。

點擊連結後，顯示出先前提到的步驟。「這個檔案」就在羅列這些步驟的文字中，上頭備有超連結，能從這裡轉往其他網站。他們心想，果然得多一道工，就此點擊，接著瀏覽器上彈出視窗顯示「要下載檔案嗎」。副檔名是rar，壓縮成數ＭＢ的容量大小。選擇「存檔後開啟檔案」，等候數秒，檔案便自動下載，桌面切換至ＩＥ顯示。

試著對rar解壓縮後，裡頭果然是名為「無題.mp3」這個音檔。猶豫了一會兒後，戴上耳機，將音量調至最小，朝檔案連按兩下。

聽說一開始以為是檔案損毀，或是解壓縮失敗。因為Media Player開啟，從調至最小音量的耳機裡傳出的聲音，感覺不像是什麼聲響或音樂。

說得極端一點，那就像是持續以固定間隔播放的電子音。普普普普，很機械式地傳出同樣的聲響。約一秒五、六次，速度就像拍手一樣，相當平淡。

那個人說，與當初一開始聽說是說話的錄音或是「有來由的音檔」時所想像的完全不同，就只是連續的固定節奏，他感覺有點失望。

經過確認，過了幾秒後還是持續播放出那個聲音，那個人望向播放器的滾動條。整個聲音長度約五分鐘。而耳機裡依舊持續傳出某個像脈搏音的聲響。

他首先懷疑的是，這有沒有可能是會突然傳出高分貝尖叫聲的「驚嚇類」聲音。當人們對這單調的聲音感到奇怪，而調高音量時，讓聽的人大吃一驚的聲音。因此，他試著對拖動條（SeekBar）進行拖放，或是隨意在各個不同的時間點播放，但播出的聲音還是一樣。他心想，最後幾秒可能會設下什麼機關，因而專注聆聽聲音檔的最後十秒，但結果還是一樣。

為了不想漏聽，他選擇重播，思考了片刻。

這到底是什麼檔案。果然是冒牌貨嗎？還是他們找到的是釣魚連結。不，也許與這網站有關的各種故事都是有人刻意編造。播放那個聲音後，會發生恐怖的事情嗎——

這時，播放聲音的那個人突然感到一陣強烈的睡意來襲。這裡為了方便，而以「睡意」來表現，不過這句話會讓人想像是在溫暖的被窩裡舒服地小睡，但他當時完全沒這種感覺。一整晚沒睡後，在亮晃晃的大白天裡，他的眼皮沉重地垂落，無力抵抗。在攝取過量咖啡因的深夜，他在被窩裡處於完全無法消除疲勞的淺眠狀態，就這樣醒來，然後很快又意識遠去。這種像昏厥般，暴力性的想睡欲望突然向他襲來。

他覺得很睏，連將連接電腦的耳機從耳朵取下都嫌懶。腦袋一陣搖晃，接連持續幾次後，他甚至有種像是往前翻的感覺，但整個身體卻像是慢慢沒入地面，無比沉重。頭部逐漸與身體分離。那電子音持續傳來。他明明是坐在椅子上，腦中卻有一種無重力感，全身飄飄然，彷彿連自己置身何處都不知道。傳來咚咚咚的深沉聲響。因為視野變得一片黑暗，所以他此時合上眼皮，但他卻沒有合上眼皮的感覺。因此，他發現自己正極度地往上瞧。就像翻白眼一樣（可能真的就是翻白眼吧），眼珠朝上。眼睛、身體、腦袋，拒絕看見某個東西。被眼皮覆蓋。想要被眼皮覆蓋。他正望著眼皮內側。傳來碰、碰的回音。

身體無法動彈。

腦袋無法運作。

意識瞬間遠去，接著又再度回歸。

不知何時，他眼皮已經閉上，背部到後頸一帶，傳來椅背粗糙的觸感，他明白自己正採取癱坐在椅子上的姿勢。似乎還沒取下耳機，兩耳依舊持續傳來那單調的電子音。雖然只有短暫的一瞬間，但他明白自己剛才已熟睡，他想起身時，這才發現身體無法動彈。

踩在粗糙地毯上的腳丫，以及垂放的雙臂，甚至是緊閉的眼皮，也都無法動彈。就像只有他的身體依舊還在沉睡般，他想動的意識完全沒有傳向身體。

這就是人稱鬼壓床的狀態。

由於他過去從沒有過稱得上是靈異現象的體驗，所以當然也沒體驗過鬼壓床，不過，此時的感覺只能用鬼壓床來形容。他無法睜眼，也無法轉頭確認四周情形，就只是倚在椅子上聆聽那個聲音。連續的單音、單調的脈搏聲，一秒間響了五、六次。

它突然中斷。是中斷，還是間隔拉長呢？醒著的時候聽到的聲音，明明應該是節奏很固定，約五分鐘長的音檔資料啊。舉例來說，它就像突然靜音，然後又馬上恢復原本音量般，聲音的感覺會隨意伸縮，同時聲音本身也逐漸拉長。也就是說，就像單音變成長音般，原本聽起來是「普、普、普、普」的聲音，逐漸拉長成「普～普～普～普～」的聲音。他再次懷疑是自己的聽覺出了問題，但他已沒有剛才的睡意，意識一直都很清楚。身體還是一樣動彈不得。

因此，一秒間聽到的聲音次數，因為單音被拉長，而漸漸變得愈來愈少。雖然不知道實際的次數是多少，但就像五次、四次半、四次這樣，逐漸減少。

他因而發現，一直傳來的聲音，並不是機械聲。那是被極度壓縮的連續聲音，對幾秒或十幾秒的「聲音」進行編輯，讓它濃縮到各自聽起來像單音的程度。聲音逐漸被拉長，恢復原狀，同時那機械式的單音也逐漸變成有意義的聲音連結。

那是人的聲音。與其說是伴隨言語的發聲，不如說是「從人的口中發出的聲音」，還比較接近實情。既像哮喘，又像打鼾，摻雜了濃痰與唾液的不規則呼吸聲。就像用吸管一口吸起黏稠的液體般，斷斷續續地吐出「普嘰、普嘰」的黏稠聲。他還沒來得及思考這是什麼聲音，便傳來一個聲音。

「一開始還好，因為心中的悶氣一掃而空。」

就像隔著牆壁傳來的混濁聲音，是個陌生男子的聲音，從他靠在椅子上的頭部後面傳來，他馬上發現那是從耳機外面傳來的聲音。有人就站在椅子後方。他還是一樣身體動不了，眼睛睜不開（就算睜開，應該也絕對不想看），從兩耳的耳機裡反覆傳出帶有水氣的呼吸聲。就算一再地告訴自己「這是鬼壓床的幻聽，沒什麼好怕的」，也一點意義都沒有。非但如此，有人就站在自己身後說話的感覺和畫面，逐漸傳進腦中。

「那東西就像夥伴，或是圖帕[15]一樣。總之，如果是在夢中，想要怎樣都辦得到，想和誰見面也都行，所以有人反過來利用這個方式，刻意想體驗靈異現象。這方面倒是還可以理解。」

他以像在和朋友聊天般的聲音繼續說道。

「有某個人拿虛構的人物或存在來當沙包。之所以這麼說，也是因為這個人似乎對現實世界裡的某個人物充滿憎恨。但偏偏他又不能以物理性的方式傷害那個人，話雖如此，如果要展開像丑時參拜[16]這種規矩很多的詛咒，也會冒不少風險吧。例如詛咒可能會反彈到自己身上，或是詛咒別人，自己也付出代價，或者是因此背負脅迫罪和誹謗罪等等。」

可能是因為他以極其普通的音調說出「詛咒」、「靈異」等字眼，或者是一直微微傳來雜音的緣故，你一直有種缺乏真實感的感受，靜靜聆聽那個聲音。

「因此，那個人自己想出一個虛構的人物，開始用虛構的方法詛咒它。被

15. 神秘主義、神智學及超常現象中的一種概念，指一種通過精神力量創造的物體或存在。
16. 日本的傳統咒術，在丑時（半夜一～三點）拿著稻草紮成的人偶到神社找一棵樹，拿鐵錘和五吋釘將人偶釘在樹上，以此咒死對方。

害人用的也不是正確的方法，就只是對一個不存在的人，做出模仿詛咒的行為。既然沒有被害人，也就不會發生所謂的詛咒反彈，也不會給任何人添麻煩。這真是劃時代的構想啊。這就像是在折磨自己寫的怪談小說裡的登場人物一樣，就算做這種事，也不會被問罪，不是嗎？」

這套邏輯顯然有破綻。雖然有破綻，但就算發現這點，在腦中加以指出也無濟於事，你在無意識下也很明白這點。

「從中想出許多方法。也不知道該說這是詛咒，還是咒術，一開始感覺還比較像是祈願。就像在夢裡和她走在一起時，不時會踩到她的影子一樣，就是這種感覺。大家一起思考各種遇見鬼魂的方法吧。因為這原本就是從真實的恨意展開，所以方法會愈來愈強烈。」

你或許已經發現，早就沒聽到怪聲了。當你像這樣隔著文章聽他的聲音時，已完全聽不到那不規則的呼吸聲。

「再過不久，會連是誰開始的也分不清，不，應該是大家都在等某個人開始吧，但最後卻是開始將被害者的身分套在實際存在的某人身上。如果是在夢中，就能創造出虛構的人物，並將他喚出，正因為這樣，要在夢中喚出實際存在的人物，是老早就能辦到的事。」

但如果單純只是你沒聽到的話，那會怎樣呢？不是將音響的電源關閉，而是將音量調為零。因為聽不到，那個聲音會一直在耳畔響起。在你沒發現的時候，一直是如此。在你沒發現時，一直在你身後響起。

「這聲音是誰想出來的呢？應該是用菜刀深深劃破喉嚨自殺的人臨死前發出的聲音，加以編輯而成。這個人似乎認為，只要針對這部分反覆播放，想出這個方法的人，應該也沒想到別人會將它轉用到引導靈魂出竅的聲音資料上吧。」

因此，前提完全不同。不是會不會發生什麼事的二選一，而是一切早已發生，是你有沒有發現的二選一。

「就是用這種方式對被害人進行覆蓋和複製，如此一再反覆。」

例如在讀這本書時，你或許會用某人的聲音套用在當中的說明文或是對話框裡的句子上。而這時聽到的不是任何人的聲音，只能用看文章時聽到的某人聲音來形容。聲音似乎很像某人，但又誰都不像，這樣的聲音會在無意識下配合你眼睛所看的一字一句，進入你腦中。

「人們不是常說嗎，如果是真正的儀式，要是半途被發現的話，詛咒會反彈到自己身上。不過，這單純只是網路上某人想到的祈願，而且也不是我起的頭，應該不會有事。」

如果說這是腦內重播，應該就比較好懂吧。這一點都不神奇，是人類在處理語言方面的一種做法，再自然不過了。

而現在發生的事，幾乎可說是一樣的道理。你現在正在看這篇文章。因為你在看文章，所以它會採取聲音的形式注入你的腦中、你的心裡。你現在正在聆聽。

拿起書閱讀文字，同時也是將閱讀的文字念給自己的腦袋聽。所以你現在將這本書當作文章來閱讀的同時，這篇文章也會轉為聲音來聆聽。你現在所遭遇的，就是這麼理所當然的事。

「因為一再反覆這個動作，大家逐漸走向奇怪的方向。」

他說這句話時，他講這句臺詞的聲音進入你腦中。

「所以過不了多久，你會逐漸搞不清楚，是誰在詛咒誰。如果是在這種狀況下，也不會有什麼詛咒反彈這種事了。正因為這樣，大家才會心想，如果是現在這樣，就可以趁亂行事了。」

而藉由剛才從232頁移往233頁，你的視線現在也微妙地逐漸往左偏移。反過來說，你現在已處在無法看右頁的狀況。就算那一頁的文章後面有什麼，你應該也很難發現吧。倒不如說，沒發現正好。

「大家心裡想，如果是現在，不管做什麼，都不會只有我被責怪。因為不知道是誰在詛咒誰，只要趁早讓某人負起責任，應該就能躲過一切責任。」

身後傳來的男性聲音，就像繞到前面來似的，經過你的右耳，改從正面傳來。他就像想和你目光交會，窺望你的臉似的，聲音從右前方發出。得注視著眼前的文章才行。

別轉移目光。

「因此，這次不是我詛咒別人，而是讓某人去詛咒。」

從文章的背後、視野的角落可以看到的那個東西（是否能實際看見並不重要），至少不是呈現人類的形體。因為它是許多人憑著想像，持續對和許多人有關的惡意加以覆蓋的結果。真要說的話，這也是理所當然的事。那感覺不像是鬆軟的皮肉，而是像一團表皮的東西，在視野角落窺望著你，在想像中它就是這樣的形象。它應該連臉和身體都無法區分，但不知為何，卻可以清楚明白它正望著你笑。

「喏，不是常有一些看了之後責任自負的怪談嗎？上面提到，看了這篇怪談後，災禍會降臨你身上。意思不就是看過的人會被詛咒嗎？但這樣實在教人無法忍受，太不合理了，而寫出那種故事的人也說我是加害者，更教人感到坐立難安。所以才會想寫出讓讀過的人也都會展開詛咒的故事。也就是說……」

那團像人的肉塊，最後以微帶笑意的聲音說道。

「我也中了那個道，就此與這世界脫節。」

從那之後，「絕不能搜尋的關鍵字」的調查行動，就此逐漸退燒，不知從什麼時候起，連之前與那一連串事件有關的討論串也無法設立了。因為當時無法充分保存留言的紀錄檔，所以現在只留在少數的記憶中。

但試著仔細詢問後發現，「遇見鬼魂　絕不能搜尋」這句話，原本似乎並非預設是網路搜尋。那句話的意思，可能不是禁止人們在搜尋引擎上輸入某個關鍵字，前往那個網站。

如前所述，那個網站的首頁只顯示一個連結，連往的頁面又有另一個連結，前往下載頁面才能取得檔案，是得花兩道工的設計。如果那個首頁是設為多個連結的集散地，那倒還有話說，但為什麼刻意就為了一個連結而準備好幾個頁面呢？

它的理由是「原本首頁準備的連結不只一個，它是真正發揮連結集散地的功能」。

以黑底白字構成的那個網站，隱藏了「遇見鬼魂的方法」以外的連結。那採用的是「隱藏連結」。這是文字網站的傳統手法，以那一頁的情況來說，在黑底白字的構成頁面角落，以黑字寫著：

給遇見過鬼魂的人

備有這樣的連結。只要將頁面反白、以Tab鍵搜尋連結、檢視網頁原始碼、頁面內搜尋，就能發現有這個連結。

不過——在「絕不能搜尋」這句話的誘導下，發現「遇見鬼魂」這個連結，想到要是瀏覽這個連結的頁面，不知道會發生什麼事，就無法點擊這行文字。

向筆者提供這個故事的人，說到這裡，停下來吁了口氣。

我猜她是四十歲左右的女性。她也為了避免被鎖定身分，在說這件事情時都會適度地模糊事實，因此筆者在寫成文章時，對於時間序列和人物關係等許多部分也做了一番整理。這裡所寫的文章就不用說了，就連原本的故事也不見得全部都屬實。

「呃……以故事來說，這樣算是結束了。大概就是這種感覺，這樣可以嗎？」

她向我這樣詢問。「結束了是嗎。」我如此回覆後，容貌產生很大改變的她又重複說了一遍「這樣算是結束了」。

我要詢問的意思是，這樣真的不要緊嗎？她動起小嘴，回問我一句「你指的是哪件事」，於是我重新問道「您講出那件事，真的不要緊嗎」。

「你說的那件事，是指哪件事？不是要刊在網路上，而是要以直書編排的書本出版那場體驗談，要讀者從右上到左下的方向閱讀這件事嗎？和 QR Code 一起刊出那張照片，在讀取時要人用相機拍下的事嗎？覆蓋掉切去頭部的圖片，作出留言板上那張圖片的事嗎？事後對郵件的圖片進行修圖，絕不讓上面的名字消失後，再給大家看的那件事嗎？讓人以為這所有故事都是那名女子的個人體驗談這件事嗎？還是說，這個故事是老早已經就安排好的？沒關係的，如果你指的是這個，我原本就是以揭露所有秘密為前提在安排這件事。」

她一味地用說明口吻的口語體說話，就像早預料到我會這樣子詢問似的，如此回答道。

「也不知該說是揭露，還是讓大家能夠理解。就某種程度來說，如果不讓大家也以加害者的身分來理解『自己所做的事』，對被害人也很過意不去吧。」

我想，當時我應該是做出「是」、「這樣啊」這類的回應。至於她說的話是否合乎邏輯，當時我已放棄思考這個問題。

「被害人是嗎。的確，那個人或許算是被害人。」

因此，我也只能這樣回答。

「就是說啊，話說回來，所謂的恐怖故事就是這麼回事。」

她的臉部下方微微彎曲，做出像在微笑的動作。

「死去的人一定得化身成『可憐的被害人』出現才行。化為鬼魂出現，說著『我好恨啊』，做出在世時辦不到的事，讓許多人害怕。從阿岩[17]的時代開始就一直是這樣。所以對死去的人，得覺得他們很可憐才行。」

可憐。

可憐是吧。

我反覆說著這句話。感覺似乎真是這麼回事，就算不是這樣，最好也別去細想到底是哪裡不對。所以我問她：

「順便問一下，妳為什麼選了那個人？」

都這時候了，也不知道她在猶豫什麼，總之，她遲遲沒回答這個問題，就這樣過了一段靜默無聲的時間。我想，可能她很抗拒回答吧，正當我準備結束這場對話時，她回了一句：

「因為我心裡有氣。」

說完這句話的下個瞬間，她突然平空消失。

周遭是我一如平時的房間、開著沒關的電腦，我就坐在電腦前的椅子上發呆。我再次將游標移向顯示在視窗中的 WordPad，寫下現在這篇文章。

寫下這篇文章，透過 EASTPRESS 股份有限公司出版《真可憐（笑）》這本書的，是「梨」這位人物。因此，在前面的文章中出現像說明文般的表現方式時，如果沒特別說明，請當作是在描述梨這個人的個人體驗。

此外，本書大量採用了劇中劇的構造。因此，對於前面的一些描寫和全貌，或許有些地方會讓你覺得很複雜。像這種情況，只要告訴自己，本書的描寫基本上都是「以橫次鈴這個人物和其相關人士作為被害者」，以這樣來閱讀，就不會有問題了。如果還是覺得人物關係很複雜，可將這部分找個適當的

17.《四谷怪談》裡的女鬼。

人物替換，改個方式閱讀，這樣也無妨。

關於橫次鈴親身體驗的故事，
你現在閱讀的是梨從相關人員那裡蒐集資訊寫成的書。

如果要恨，請恨他們吧。

真的很謝謝您一路讀到最後。

代後記

應該就快了。

篇末解說

（本說明涉及關鍵情節設定，請務必在看完全書後再行閱讀）

一旦懂了，你從此就無法回頭

推理評論人．作家／Faker冒業

如果留下人類活動痕跡的地方都可叫作遺蹟，那網路世界絕對滿布數位遺蹟，甚至墳墓。網路在過去二十年從1.0升級到2.0，期間大量應用程式、網路服務和檔案格式遭到淘汰，依附在其之上的內容於是淪為一座座無人更新的「死城」。可是，這些「死城」偶然還是會突然活起來，被大量的人重新廣傳。當中一些來歷不明的怪異文字與圖片儼然成了雖知名卻無從稽考的迷因，有如無名死者的亡靈忽然重返人間般散發著詭異的氣息。這些數位遺物反覆「回魂」的現象，正是孕育出二十一世紀恐怖故事的最佳溫床。

梨的《真可憐（笑）》就是在這個背景底下創作的「新感覺小說」。梨是資深的網路作者，長年在SCP基金會撰寫恐怖和怪談故事。其風格為透過偽造手寫稿紙、文字檔、圖片、訊息截圖、照片、郵件內容等大量「前人的資料」，創作出彷彿是從平平無奇的日常生活中挖掘出來的真實怪事。本作《真可憐（笑）》為他的單行本處女作，五篇恐怖故事同樣透過忠實重現.docx文件檔、mixi topic、2channel留言、Gmail郵件、.wav和.mp3錄音檔，以及加入可掃描的QR Code連結等電腦格式營造出真實感，令人虛實難分。

本作的內容並不易理解。儘管橫次鈴和洋子（假名）兩個名字時常出現，五個短篇故事大部分內容卻看似是沒有明確關聯的破碎片段。這正是梨的計算所在，他令故事遺下大量未有釐清的細節、人物關係以及詛咒的「邏輯」來勾起讀者的好奇心，誘使他們在網路上繼續討論並製造話題，更衍生出大量的考察文章來重組故事的來龍去脈。

《真可憐（笑）》每一段資料都存在多個敘事層，首先是經歷怪談的當事人，再來是聽取他人經歷的聆聽者，之後還有轉載該內容的人，甚至有修改部分內容例如名字之後重新發布的人，以及最終把所有內容集結成書的人，形成有如「作中作中作中作中作」的複雜結構，當中哪些為真實、哪些為虛構、哪些是事後遭到修改的都難以判斷。絕大部分的考察都是圍繞這個問題，特別對登場人物是誰誰誰的整理。本文礙於篇幅無法完全盡錄，只能講解本作的核心：針對某人的詛咒。

本作最核心的內容是針對橫次鈴下的詛咒。根據第四話〈##name1##〉裡「微電波轉貼保管庫」的部分和第五話〈0x00000109〉「遇見鬼魂的方法」中一段對話，可以整理出以下規則：

一、將怪談故事主角的名字改成別人的名字，就能對那人下詛咒。

二、將特定對象的樣貌或名字根據圖片詛咒的規則（例如從右上至左下拉

長配合直排文字以同樣方式閱讀的「鬼門線」或在布上寫下對方名字後撥水的「ARAISARASHI」等）再傳播出去，就能對那人下詛咒。

三、不同詛咒的方法可以疊加起來，威力會更強。

四、將帶有詛咒效果的內容拿給更多人看，他們也將會成為加害者的一員，令威力不斷增強，同時也令他們有機會遭到詛咒反彈。

五、加害者的人數越多，各人遭到詛咒反彈的機會就越低（或越輕微）。

可以推測《真可憐（笑）》書中所有內容應該都有經過「規則一」的處理，使它們全變成針對別人的詛咒。第四話〈##name1##〉的mixi用戶36提及一個輸入主角名字後會自動產生出怪談故事文章「這是橫次鈴這個人親身體驗的怪談」的網頁功能亦是「規則一」的應用。

第一話〈這是橫次鈴這個人親身體驗的怪談.docx〉和第三話〈收件匣（15）〉都有提到，兩起事件原本運用「規則二」的詛咒對象是男性，後來（第一話的圖片以及第三話最後一封郵件的圖片）都改成橫次鈴，兩者都是改變詛咒對象的示範。第三話更示範了如何利用「規則三」，在一張圖片同時加入ARAISARASHI和鬼門線的詛咒。

第四話〈##name1##〉於夢中公廁發現屍體並拍下照片的事件，某種程度上解釋了第二話〈behead–複製〉靈異照片的來源，從屍體身上的水手服剪下一塊布的行為亦與第三話有所連結。不過由於第四話是夢裡發生的事件，它要直接影響到現實還得加上一道工序，那就是結合第五話〈0x00000109〉「遇見鬼魂的方法」提供的步驟和檔案「無題.mp3」，將夢中現象帶來現實，使它獲得了詛咒他人的效果。

最後，「規則四」和「規則五」在〈0x00000109〉中有直接提及，應該和

「規則一」一樣清楚。《真可憐（笑）》中也能見到施咒者著了魔似地散播詛咒內容、增加加害者的行逕。

想當然爾，「規則四」同樣適用於本作。

順帶一提，本作的文字是從右上到左下閱讀。而將蒐集到的眾多故事以「對橫次鈴的詛咒」的主軸串連起來，使「橫次鈴」無庸置疑地成為本作主角的名字，更透過「規則三」將所有故事含有的詛咒效果疊加起來。

所以，讀完這本書所有故事後翻到這篇解說文的你，也已經成為詛咒橫次鈴的加害者的一員了。

日式恐怖（Japanese horror）的醍醐味包括「一旦懂了從此就無法回頭」的細思極恐，甚至連「懂了」本身也隨時是散播惡意的手段。《真可憐（笑）》將捧起書的讀者也牽扯進來，成就了這個「讀者參與型恐怖故事」。說不定作者梨是發現自己被洋子陷害成為其中一名加害者，害怕遭到詛咒反彈，所以利用「規則五」出版這本書，把更多人拖下水從而自救。

你現在已經懂了。那麼，你還願意把這本書推介出去，讓更多人讀到嗎？根據「規則五」，你這樣做能確保自己更不容易遭受詛咒反彈。儘管〈0x00000109〉有提到，如果橫次鈴是虛構人物，不但詛咒對她沒效果，加害者亦不怕會反彈。可是假若她是真實存在的呢？你能冒這個險嗎？

好好想一想吧。

國家圖書館出版品預行編目資料

真可憐（笑）／梨 著；高詹燦 譯. -- 初版. -- 臺北市：皇冠, 2023.8 面；公分. -- (皇冠叢書；第5113種)(奇・怪；26)
譯自：かわいそ笑

ISBN 978-957-33-4046-1 (平裝)

861.57　　112010931

皇冠叢書第5113種

奇・怪 26

真可憐（笑）

かわいそ笑

作　　者—梨
譯　　者—高詹燦
發 行 人—平　雲
出版發行—皇冠文化出版有限公司
台北市敦化北路120巷50號
電話◎02-27168888
郵撥帳號◎15261516號
皇冠出版社(香港)有限公司
香港銅鑼灣道180號百樂商業中心
19樓1903室
電話◎2529-1778　傳真◎2527-0904
總 編 輯—許婷婷
責任編輯—蔡維鋼
美術設計—嚴昱琳
行銷企劃—蕭采芹
著作完成日期—2022年
初版一刷日期—2023年8月
法律顧問—王惠光律師

讀者服務傳真專線◎02-27150507
電腦編號◎512026
ISBN◎978-957-33-4046-1
Printed in Taiwan
本書定價◎新台幣380元/港幣127元